魔女沫沫的另類修行

浮日島特訓 ⑧

蘇飛 著
Tamaki 繪

新雅文化事業有限公司
www.sunya.com.hk

U0110991

目錄

角色介紹

羅賓

魔女沫沫的修行助使，牠是一隻十分囉嗦的知更鳥。

沫沫

小魔女，十歲，具有神秘的魔覺力。外表與人類相似，但長得十分矮小。她臉色雖有些蒼白，神情也很冷酷，卻宛如洋娃娃般精緻美麗。有時沫沫為了幫助人類，會違規使用魔法。

齊子研

小魔女，十一歲。聰明而有點高傲，個性外向而衝動，總是魯莽行事，沒有耐性，脾氣來得快也去得快。

喬仕哲

小魔子，十一歲。子研的表哥，是守規矩的乖乖紳士，不喜歡觸犯規則是因為不想讓自己陷入危險或不好的事情當中。

房米勒

小魔子，十一歲。魔法力不高，常被同輩欺負，但為人熱情憨厚，總是熱心助人。口頭禪是「你不知道」。

嚴農

沫沫的養父，是魔侍中的費族。由於擅長煉藥，被人稱為魔法藥聖。

定身力
讓物體定住無法移動。

咒語：
斯達地落，定！

傀儡力
操縱物體的意識和行為。

咒語：
麻離偶類達——(動作指令)！

風乾力
讓物件瞬間乾透。

咒語：
司塔克挪，虛達易臟，風乾！

結霜力
讓物體周遭結霜。

咒語：
扒裹匿軋，結霜！

離心魔法力
讓物體產生離心的力量，
遠離向心的吸引力。

咒語：
飛裹割特落斯——地納迷，離！

驅散力
撥開一切遮蔽物。

咒語：
形夾離稀，散開！

催眠力
讓物體睡去。

咒語：
系諾絲，眠！

控制力
短暫控制清醒狀態的物體行動。

咒語：
耶勒勾斯，(動作指令)！

魔侍手冊

每個魔侍都有一本魔侍手冊,翻開第一頁即寫明魔侍必須遵守的守則。

魔侍們還可以透過魔侍手冊查找所需資料,比如找出需要幫助的人類資料、煉藥小屋可以安置的地方等等。

綠水石

一塊晶瑩剔透、大小有如一顆雞蛋的暗綠色石頭,屬於稀有魔法物品。

通過它,魔侍能看到某個人類的行動與狀況。它還具有預示危險事件的魔力及視像通話功能。

魔法緞帶

一種特殊魔法道具,必須通過提煉而成。有各種不同功能的魔法緞帶,比如變形緞帶、搬運緞帶、移行緞帶等等,每種緞帶具有不同顏色。

「鼯鼠」小組

「鼯鼠」小組成立的原因,是為了追查虐待犰狳小球及私自放出古生物的可疑魔侍,行動代號為「鼯鼠」,小組成員包括沫沫、米勒、仕哲和子研等人。

這些都只是一小部分的魔侍知識。若想提升魔法力,你就要多留意書中提到的各種知識了!

魔侍守則第一條
不能用魔法有意傷害人類。

魔侍守則第二條
與人類保持距離，
不能與他們成為朋友。

魔侍守則第三條
守護人間正義及秩序，
有能力者必須幫助地球上
需要幫助的人。

引子

　　在很深很深的叢林裏頭，住着一羣不為人知的特別物種——魔侍。

　　魔侍的外觀與人類相似，他們與人類最大的分別，就是擁有某些特殊的神秘力量——魔法力。

　　魔侍與世無爭，熱衷於修行，並分為三個族羣——費族、仁族和松族。

　　他們與人類一樣有男女之分，男的被稱為魔子，女的則喚作魔女。

　　魔侍與人類原本河水不犯井水，互不相干。直到某一天，一位人類踏入他們位於叢林深處的家園……

從此，人類便與他們扯上了關係。

叢林周邊的小城鎮開始有一些關於他們的流言蜚語，甚至有人傳唱：

潘朵拉的盒子開啟了

在東方最隱秘的森林

魔女狂妄起舞

酷暑夏至來臨

眾星繞月之時

傲慢人類承受浩劫

魔侍不喜歡人類對他們的誤解，因此他們之中有些人走出叢林，來到人類的世界。

如果你遇見了他們，是幸運，還是不幸呢？

第一章

會飛的貓

校長室內。

科靜校長與一位穿黑長袍的魔侍正**聚精會神**地盯着桌上牛皮紙浮現出來的立體透視地圖。

那牛皮紙是科校長收藏室中的其中一件寶物，能追蹤某座建築物內正在發生的事情。

潔白的牛皮紙上鑽出一隻迷蹤蟲，迷蹤蟲比米粒還小，下排的小足在立體地圖上**匍匐爬行**。

只見迷蹤蟲朝着行政大樓前進，牠來到活動處門口時停駐了一會兒。

「你確定這隻貓有古怪？」科靜問道。

黑長袍魔侍拉下頭套，這時才看清原來他正是教導魔法使用規範課的萬聖力老師，同學們都喚他「惡神」。

惡神說：「我懷疑牠被行使了附魔力。」

「附魔力？當真？」科靜校長臉色非常凝重，似乎這附魔力是個非常可怕的魔法力。

「我在走廊發現牠時，有一瞬間看到牠眼瞳內有另一隻眼。」黑長袍魔侍說着，沉下聲來：「只要被行使了附魔力，就能變成容器，讓曉得附魔力的魔侍附着在其身上。」

「你沒看錯吧？」科校長說着，仔細凝望迷蹤蟲，但牠在活動處門口待了一會兒，就沿着樓梯下去了。

「雖然只閃過半秒，但是我確定自己沒看錯。」惡神眼神犀利地瞪着立體透視地圖。

科校長*耐着性子*等候。不一會兒，迷蹤蟲又從大樓外走進裏頭，惡神趕緊說道：「牠行動了！」

科校長緊盯着迷蹤蟲。

迷蹤蟲再次來到活動處門口。突然，牠迅速移動，朝行政大樓二樓衝去，並直接從二樓窗台

躍下！

　　科校長正要說什麼，卻見到迷蹤蟲展現一躍而起，在半空飛翔着的姿態。

　　「牠會魔法力！肯定是有魔侍附在灰貓身上使用了飛行力！」惡神**神色凝重**地說。

　　科校長睜大了眼，眼中充滿驚懼。

第二章

遇襲

　　傍晚時分，日落餘暉照耀在行政大樓的牆上。此刻的大樓**靜謐空蕩**，尼克斯魔法修行學校的教職員幾乎都下班休息去了。突然，一個巨大貓影現於牆上！

　　原來是隻毛色暗啞的灰貓。

　　灰貓悄悄穿梭於大樓內的走道，步履**幽幽無聲**，周遭似乎凝聚了一股神秘的詭譎感。

　　牠來到活動處，佇立在門後，屏息等候着。

　　腳步聲傳來，灰貓繃緊身子，趁着施密特·凱特琳小姐開門的剎那，迅疾唸道：「斯達地落，定！」

　　門開到一半的高八度音憑着直覺感應到危險，及時躲開灰貓的視線，但她肩上的修行助使穴鵲可沒那麼幸運了。

穴鴉掉落高八度音的肩膀時，灰貓使出速度力衝過去將穴鴉**一口叼住**！

隨後灰貓急速衝向二樓。

「菲力浦！」

高八度音追了過去，灰貓竄到二樓窗台，回頭望一眼高八度音，露出詭異眼神的牠**驟然**飛了起來！

「菲力浦！」高八度音叫喚着她的修行助使，顧不得尼克斯魔法修行學校不能使用飛行力的規則，唸道：「提希而，騰空！」

高八度音緊跟着灰貓追了過去。

飛行灰貓來到湖邊小屋，迅速走進屋裏。

高八度音停下來，**猶豫**着是否要跟進去。

「不，不能讓菲力浦受到任何傷害……」

高八度音咬咬牙，毅然走進了小屋。

屋內沒有灰貓和菲力浦的蹤影，高八度音知道灰貓使用隱身力躲起來了。她警戒地慢慢踩在呀作響的地板上，聚精會神地搜尋，一個轉

頭，她在木椅後方瞥見菲力浦的身影。

　　由於太高興，她一時大意踩到凹陷的地板，頓時失去重心掉落地下室！

　　過了一會兒，菲力浦的定身力失效了，牠衝進昏暗的地下室想搭救高八度音，卻遭到怪物攻擊！菲力浦被長長的尾巴甩中，差點兒昏死過去，這時牠看到高八度音就要被一張血盆大口撕咬，臨危中菲力浦從口中射出短短的銀針，那是牠獨具的本領，能在危急時刻放射銀針攻擊敵人。

　　那怪物被刺中頭部，痛得狂亂扭動身軀，高八度音趁此機會行使飛行力飛了上去。

　　她忍痛逃出湖畔小屋後已全身乏力，此時灰貓顯現出身影，從門口追了過來，迅速對着高八度音和菲力浦行使傀儡力：「麻離偶類達——發愣！」

　　高八度音和菲力浦愣在那兒，眼神空洞地佇立原地。

「嘿，只要將傀儡蟲放進你的血液中，我就能隨時對你行使傀儡力……」

灰貓走過去，從眼珠中竟然竄出一條扭動不已的細線！

那細線正是灰貓所說的傀儡蟲，牠細長的身子急速往高八度音和菲力浦飛了過去——

「司塔克挪，虛達易臘，風乾！」

空氣中驟然傳來一道聲音！

高八度音的傷口頓時凝固，像線一般細長的傀儡蟲碰了壁，鑽不進高八度音體內。

灰貓怒目瞪向使出風乾力的魔侍——惡神。

原來剛才干鈞一髮之際，惡神及時趕到，並迅疾使出風乾力使高八度音傷口的血液凝固，傀儡蟲因此而無法得逞。

灰貓見情勢不對，趕緊收回傀儡蟲隱身逃逸。

惡神趕去湖畔小屋，打開地下室，卻什麼也找不着了。

「想在我眼皮底下逃走？萬兒！」

惡神吩咐道，萬兒立即竄到惡神的長袍內藏匿。與此同時，惡神朝屋裏各個角落使出結霜力：「扒裏匿軋，結霜！」

只見被施行了結霜力的地方都結了一層霜。結霜力可以讓隱身或隱形的敵人身體周遭結霜而**無所遁形**，但屋內確實什麼都沒發現。

惡神衝出屋外，持續施展結霜力，發現了正要潛進湖水的怪物，但怪物立即潛入水底消失了蹤影！

雖然只有一瞬間，惡神看清那隻怪物正是蛇鰻鱷！蛇鰻鱷屬於古生物，頭部像蛇鰻，具有尖利的獠牙，還有着如鱷魚一般**強而有力**的尾巴。

惡神惡狠狠地盯着湖水，但這時菲力浦喚了他一聲！惡神過去查看，發現高八度音**奄奄一息**，唯有打消揪出蛇鰻鱷的念頭。

惡神將高八度音送到休養間，請來學校的護

理師幫高八度音治療傷口，就急忙趕去校長室。

「尼克斯魔法修行學校內居然有這麼邪惡的魔侍。」科校長意識到事態嚴重，對惡神說：「施密特‧凱特琳小姐的狀態這麼差，隨時會被施行傀儡力。你必須馬上將她帶來這裏的隱秘煉藥房。」

「科校長，把施密特小姐關進煉藥房並不能**揪出內奸**。」

「至少能保障凱特琳不受攻擊。我會請葛司和南德兩位麒麟閣士支援。」

惡神若有所思地皺了皺眉，冷峻地說：「我擔心學校內有其他魔侍也遭到控制。」

科校長點點頭，慎重地吐出：「*是時候啟動特訓了。*」

「特訓？」惡神瞇起眼，難得地顯現不安的神情。

第三章
個性相異的導師

一個大塊頭在訓練所外鬼鬼祟祟，**探頭探腦**。他看到哈里斯太太急匆匆走進訓練所大廳的某個隔間，打算悄悄走進訓練所，但他才剛伸出腳，突然又把腳縮了回去。過了一會兒，竹節蟲小綠就蹦蹦跳跳地捧着餵食盆走了過來。

大塊頭躲在門後，鬆口氣撫着胸口說：「幸好我夠機靈。」

大塊頭正是咕嚕咚，他似乎在謀劃着什麼鬼祟的事。他繼續盯着訓練所內的動靜，直到哈里斯太太的修行助使小綠餵食完小蟲區，拿着餵食盆跳得遠遠，才溜進訓練所內。

此刻的哈里斯太太在投擲訓練隔間，正在訓練一隻**光禿禿**的禿鷹投擲一顆玻璃球到前方的玻璃瓶內。

禿鷹含着彩色玻璃球，雙目直挺挺地盯着玻璃瓶的開口。那開口只有零點五厘米，非常的小，因此牠必須非常專注才有可能將彩色玻璃球投進瓶子裏。

　　禿鷹**雙目銳利**地瞄準瓶口，哈里斯太太這時説：「對，就是進入這種專注狀態。要感覺到眼睛看不到瓶口了，才可以投擲出去！」

　　禿鷹深吸口氣又慢慢吐氣，讓心情穩定下來，就在禿鷹心神投入地準備拋擲時，外面傳來乒乒乓乓的聲響，害得禿鷹分神，將玻璃球拋向了哈里斯太太。哈里斯太太反應奇快地用手接住玻璃球，**滿頭冒煙**地拉開門，急匆匆跑向難馴生物隔間。

　　果然，咕嚕咚正氣喘吁吁地抱着關住伶鼬的皮箱子。

　　「你這頭笨熊，是想讓我餵你喝魔藥水是嗎？怎麼跟你説了那麼多遍，你還是聽不懂啊？伶鼬還沒有被馴服，不能帶牠出去！」

22

「不，我有辦法搞定這隻伶鼬寶貝，你聽我說——」

哈里斯太太不理會咕嚕咚的說辭，**氣急敗壞**地衝過去推開他，但咕嚕咚一鬆開手，關着伶鼬的皮箱就來回咚咚不停，搞得哈里斯太太兩眼昏花。

咕嚕咚趕忙解釋道：「哈老太婆，我就是看你這麼久還沒馴服牠，所以才會想親自馴服這美麗的寶貝啊！」

「你親自馴服生物？哈哈哈！」

小綠忍不住**捧腹大笑**，接着牠交叉着兩雙枯枝般的手，說道：「我來說說你的偉大事跡吧！你之前抓着屎殼郎來給哈里斯太太訓練時，被牠的糞便噴滿臉。還有一次是殺人蜂，你被牠叮得整個頭都腫起來，在醫務室的 5 號休養間住了好長一段時間才出院。你還被細根蟒蛇纏住頸項呼吸不過來，我們以為你會窒息死去呢！」

咕嚕咚臉沉下來，道：「夠了，夠了！那都

是**陳年往事**，而且，沒有鍥而不捨的追求和冒險精神，哪裏會在今天碰到跟我這麼投緣的寶貝？*」

咕嚕咚一臉沉醉地看着箱子內的伶鼬，那烏溜溜的小眼珠、微紅的鼻子、短短的耳朵，還有漂亮的毛髮，真是越看越可愛，簡直太完美了！

「走開，走開！我得繼續訓練我的小寶貝們了。」

哈里斯太太雙手抱在胸前，示意他離開。咕嚕咚只好**萬分不捨**地離去。

才踏出大門，他就碰見了迎面而來的沫沫。

「沫沫？」咕嚕咚一臉委屈，正要請沫沫幫他勸服哈里斯太太，卻見到科校長也迅速走來，馬上立定原地，喚道：「科靜校長！」

尾隨科校長走來的，還有惡神和米勒。

「正好！你也進來吧！」科校長說。

---

* 想了解咕嚕咚如何遇上伶鼬，請參閱《魔女沫沫的另類修行7：黑暗崛起》。

咕嚕咚應答後，疑惑地跟着大夥兒走進訓練所。

哈里斯太太見到一眾**稀客**，趕緊迎了過來。

「科校長！萬老師！這麼浩浩蕩蕩，是有什麼事要宣布嗎？」

「哈里斯太太，相信你也知道魔物師競賽近在咫尺，這一次，我們必須借助你和小綠的力量，連同咕嚕咚老師和萬老師，幫助指導這些小魔侍們。」科校長真摯地說，說到小綠時，目光望向小綠，小綠抖了一抖，牠對科校長可說是**崇拜有加**。

咕嚕咚馬上歡欣無比地拚命點頭。

哈里斯太太遲疑一下，問道：「科校長交付的事，我當然**義不容辭**。不過，不知道是什麼樣的幫助呢？」

「來臨的周休日，帶領沫沫和米勒到浮日島進行特訓。」科校長說。

聽到特訓兩字，哈里斯太太不禁倒抽口氣，

但她並沒有追問科校長，看來總愛**疑神疑鬼**的哈里斯太太對於科校長倒是非常信任。

「米勒在馴服動物方面的確有一點天賦，不過，嚴沫沫呢，我可不敢肯定。」

哈里斯太太那小眼珠瞇起來打量沫沫，露出一副懷疑的眼神。

科校長解釋道：「今年的魔物師競賽有個新規則──兩位魔侍一組競賽。因此，米勒找來沫沫組隊參賽。」

「兩位一組？這樣的話……嚴沫沫需要支援米勒，她可以做到嗎？」

「哈老太婆，你就不要質疑沫沫的實力了。她可是我所見過的小魔女中學習能力最好的。」

「學習能力好不代表能很好地馴服生物。」哈里斯太太似乎**不以為意**，嘴巴撅得老高，但她最終冷哼一聲，道：「要我幫忙訓練是可以，但眼下有隻麻煩的伶鼬，而且也不能餓着訓練所的小寶貝們啊！」

科校長**莞爾一笑**，道：「只是兩天一夜的特訓。我會找來擁有餵食經驗的高年級魔侍來幫忙餵食，確保你的小寶貝們都有專人餵食。至於伶鼬……」

科校長望向雙重皮箱子內的伶鼬，這會兒的羅賓畏懼地縮在沫沫懷裏，牠對於被伶鼬啃咬的感覺還**歷歷在目**呢！

科校長俯思了下，說：「帶牠一塊兒去島上吧！」

「什麼？帶着這頭**刁鑽麻煩**的伶鼬去浮日島？」哈里斯太太聞言，晃着一頭蓬亂的頭髮，道：「不，不。這伶鼬可是我最近看中的種子修行助使，是非常有潛質成為修行助使的生物啊！」

「你不是有兩重皮箱子嗎？」

「不，牠可太機靈了，難保一個不小心讓牠逃走。」

咕嚕咚舉高雙手，大聲喊道：「有我在，怕

什麼？」

「你？嘿，你才是最可能把牠放出來的那位。」哈里斯太太不以為然地扁扁嘴。

「不，不，我怎麼可能放走找了千年才找到的修行助使？」咕嚕咚誇張地否認。

哈里斯太太乾瞪着眼，**無可奈何**地頷首答應。

科校長轉向咕嚕咚，道：「你願意帶領他們到島上特訓嗎？」

咕嚕咚一個勁兒地點頭：「當然！哈哈，我巴不得將我**畢生所學**都傳授給小魔侍們呢！我相信萬老師也是跟我一樣充滿教學熱誠，對不對？」

惡神把頭仰得老高，冷冷地說：「只要你不給我**添麻煩**就行了。」

科校長看着三位導師，一個刁鑽多疑，一個嚴厲高傲，一個熱情奔放，看來這回特訓應該很熱鬧呢！

第四章

昏暗的浮日島

出發前往特訓的日子終於來臨。

凌晨五時正，惡神、咕嚕咚和哈里斯太太就已來到行政大樓前方。

意外的是，前來接受特訓的魔侍除了沫沫和米勒，竟然還多了兩位——仕哲和子研。

由於時間緊迫，惡神拿出搬運緞帶，將大家一塊兒搬運到某個無人海邊。從那兒他們必須改搭船隻出發去浮日島。

等候船隻的時候，仕哲問惡神：「為什麼不直接用搬運緞帶或移行緞帶去浮日島呢？」

「當然不行。魔法緞帶並非**萬能**，必須對那處地方擁有印象才能成功使用。況且，浮日島地勢不斷變化轉移，根本不可能運用魔法緞帶。」

「使用飛行力不行嗎？」子研問。

「你們有足夠的體力直接飛到那兒嗎？」

惡神說着輕蔑地笑了笑，子研不悅地皺緊了眉。

哈里斯太太狐疑地打量子研和仕哲，道：「你們兩位也要參加魔物師競賽？」

子研馬上說道：「我沒有要參賽，只是想參加特訓，增強自己的魔法力！」

自從知道沫沫和米勒要接受特訓，子研就**躍躍欲試**，想跟他們一塊兒去訓練，即使知道會由她最不喜歡的惡神給予特訓。

「你呢？」哈里斯太太望向仕哲。

仕哲回道：「我也沒有要參賽。」

仕哲沒有明說，他其實是被子研硬拉過來的，對於增強魔法力他並沒有很強的慾望。

哈里斯太太不禁晃晃頭道：「沒有參加競賽為何要訓練？你們這些小魔侍也太天真了。你們以為是去浮日島度假嗎？」

「小魔侍對一切都感到好奇嘛！哈老太婆你

別老是**嚇唬**他們。」咕嚕咚終於開腔道，他剛才一直盯着身旁的皮箱子，裏頭可是他最近的新寵——伶鼬。

「呵！先提醒總好過沒有準備，他們即將面對的，可是各種不可預測的生物。」哈里斯太太說。

「怕什麼？有我們三位導師在啊！我們可是身經百戰的魔侍。」咕嚕咚一副**天塌下來當被蓋**的樣子。

「哼！你還是一樣天真爛漫，什麼都不在乎。」惡神以譏諷的語氣說道。

「哎呀，**水來土掩，兵來將擋**，你們別老是那麼擔心，放手讓孩子們自己去面對，他們才會成長嘛！」

哈里斯太太頭上的修行助使小綠忍不住開口道：「幫忙擋駕的是我們，你當然這麼說。」

米勒好奇問道：「為什麼老師們好像都很擔心咕嚕咚老師惹麻煩？」

「因為你沒有領教過這麻煩魔侍帶來的災難啊！」小綠不忿地盤起雙手。

「什麼災難？」沫沫問。

「你們自己問他。」哈里斯太太沒好氣地說。

大夥兒都瞪着咕嚕咚，咕嚕咚摸摸後腦勺笑哈哈地說道：「他們太誇張了，哪有什麼災難？哦，船來了，走吧，走吧！遲一些可抵達不了目的地啊！」

「為什麼抵達不了？」仕哲問道。

「浮日島必須日出才看得見。」咕嚕咚抓抓頭說。

「為什麼日出才見到？」沫沫問。

「因為平常看不見它啊！它太害羞了，不想讓我們看見它，哈哈哈！」

咕嚕咚似乎覺得自己很幽默，獨自大笑起來，但大夥兒一點兒也不覺得好笑。

惡神呵口氣，清清喉嚨說：「浮日島常年陰

32

冷潮濕，被濃厚霧氣籠罩，只有清晨時分才有機會窺見它，順利抵達島上。」

「有這樣的島？需要清晨時分才看到？」仕哲不能理解地説。

「島上某種稀有植物清晨時會釋放能與霧氣融合的物質，霧氣與它結合後沉澱下來，浮日島才得以顯現身影。」

經過惡神這麼一番解釋，大夥兒算是大致明白了浮日島清晨才顯影的神秘面紗。

一艘渡船靠了過來岸邊。

身穿尼龍外套的船夫問他們：「你們就是尼克斯魔法修行學校的老師和學生吧？」

「是。」惡神回道，從長袍內取出一些銀幣，遞給船夫，「這是渡船的費用。」

船夫收下後，指了指甲板上的一疊尼龍外套，説：「穿上救生衣，馬上要出發了。」

於是，大夥兒魚貫上船，穿好救生衣，坐在三排窄小的座位上。

這艘渡船雖然小，但船上設備倒是齊全，三排椅子都配備了安全帶，每個椅子都配有一張可摺疊小桌，桌旁掛着一袋食物，裏頭是雲朵菇飯糰和洋花蕊茶。

「哇！竟然有洋花蕊茶！我可是從來沒喝過這茶呢！」米勒顯得很興奮，馬上打開洋花蕊茶的瓶口，咕嘟咕嘟喝了起來。

「這可是**防暈止吐**的藥茶，平常並不多見。」惡神說着，也拿起飲料喝了好幾口。

其他魔侍見狀也紛紛打開飲料，唯獨子研，似乎對發出一陣酸藥味的洋花蕊茶**避之不及**。

大夥兒吃着雲朵菇飯糰，喝着洋花蕊茶，感覺真的像出海遊玩度假呢！

然而度假的氛圍很快就消失了。船隻才駛出外海，就被風吹得擺動不停，子研臉色發白，感到腸胃翻滾，情急之下立即灌了幾口洋花蕊茶。

喝下茶後，她頓時覺得**神清氣爽**，也不再暈眩。

「想不到洋花蕊茶還真的有效，不過味道不怎麼美味。」子研無可奈何地說道。

「當然有效，不然我們每天在海上討生活，怎麼能忍受**波濤洶湧**的海浪？」船夫說着，咧開嘴笑了起來。

大家發現這位船夫**皮膚白皙**，一點兒也不像討海生活的魔侍。

他似乎察覺到大家的疑惑，解釋道：「這片海域靠近魔鬼三角洲一帶，雖然屬於溫帶，卻是光照極短區域，平常日照時長不超過三小時，你們要去的浮日島也一樣。」

「哇！日照時間不超過三小時？那不是整天都陰沉沉，天空暗暗的？」米勒說。

「是啊！你們是從熱帶地區來的魔侍吧？真羨慕你們生活在陽光灑滿的氣候溫暖帶。」

「剛剛你提到魔鬼三角洲，不是人類世界的傳說？難道真的存在魔鬼三角洲？」沫沫好奇問道。

「魔鬼三角洲實際上是人類**誇大其辭**，對這兒不了解才特意編造的謠傳。實際上這片海域下方有不穩定氣流，時常會產生各種大大小小的漩渦，因此偶爾會把經過附近的船隻或飛機吸引進海裏。」

「那你還敢在這裏討生活？」子研驚愕地問道。

「沒辦法，我們居住在海岸邊沿的魔侍就得靠海維生，不過我們當然不像人類那樣，闖進不該闖的區域。」

船夫頓了頓，又說：「而且，經過這些年，我們已非常熟悉這片海域，也掌握了觀察氣流走向的知識。若不幸被**捲進漩渦**，我們也有相應的魔法力來對抗。」

惡神挑了挑眉，說道：「我曾經來過這裏一次，當時沒有遇見不尋常氣流，因此無法見識這種魔法力，不過，有聽船夫提起對抗漩渦的稀有魔法力。」

「呵呵，這稀有魔法力是由我們島上富有天賦的魔侍所創，有個名稱——離心魔法力。」

「離心魔法力？」咕嚕咚興奮地站了起來，船身因他突然改變姿勢，產生了相當大的晃動。船夫馬上讓咕嚕咚坐下，咕嚕咚坐定後急忙問道：「我最喜歡發明各種魔法力了！離心魔法力到底是什麼樣的魔法力？」

「向心力你們知道吧？離心魔法力是相對於向心力，施展出一種離心力量的魔法力，那種離心力可以讓我們**遠離漩渦**，順利逃出去。」

「要怎麼使出來？咒語是什麼？」咕嚕咚馬上問道。

「這個啊，」船夫臉微微發紅，不好意思地抓抓後腦勺，「我們一般沒有遇到*危急時刻*都不會使出來，也不方便傳給其他魔侍。」

「為什麼？」

大夥兒都感到很好奇。

船夫見大家那麼想知道，呵口氣笑了笑，

道：「也沒什麼不能說的，主要是這離心魔法力每一回使用都會產生**副作用**。」

「什麼副作用？」沫沫問道。

「會讓我們想起不好的回憶。」

「竟然有這麼奇怪的魔法力？」咕嚕咚摸着小鬍子，似乎覺得很神奇。

「是啊！這就是我們不喜歡使用的原因。也許這是要提醒我們，離心的力量是不能隨便操控的吧？」船夫說着，望向露出光暈的海的另一邊，臉上充滿了對自然力量的**崇敬**。

仕哲順着船夫眼神看去，問道：「那道光的地方就是浮日島嗎？」

「對。從這裏去還需半小時才抵達，順利的話啦！」船夫說。

大家靜靜地看着一片灰濛的海域，除了馬達和浪花聲，還有海鳥飛過發出的丫丫聲。馬達濺起的浪花打在小船的船身，偶爾噴灑到他們的臉上，沫沫抹去沾在臉龐的海水時，嘗到了海的味

道。

沫沫望向其他小伙伴，大家似乎都跟她一樣，從未搭過船隻的他們對這一切感到非常稀奇。

這時，突然有一羣魚兒飛躍過來，有幾隻還飛到甲板上，大夥兒都被嚇了一跳。

「哇！這些魚怎麼**自投羅網**？」仕哲不解地說。

「真是得來全不費工夫，不用捕魚就有魚吃囉！」米勒高興地說。

「怎麼會有那麼笨的魚？」子研忍不住過去察看，說道：「這是飛魚，對吧？」

「應該沒錯。」沫沫也過去**端詳**還在甲板蹦蹦跳跳的魚兒，她曾在人類世界生物圖鑑中看過這種魚。

「快坐回位子！綁好安全帶！」船夫突然吩咐道。

哈里斯太太皺着眉，疑神疑鬼地說：「不會

40

是有漩渦吧？」

　　船夫正色看着大家，回道：「沒錯。」

　　惡神兩眼露出犀利的光芒，他站到船夫身邊，說道：「你需要什麼援助？」

　　「不，你們誰都別過來。這不是一般魔法力能抵擋得了的事。看好你們自己和你們的修行助使就好。」

　　船夫說着，觀察着海的流向，轉動船舵，使船身順着海流轉向。

　　大夥兒都乖乖坐回座位，綁好安全帶，緊張地等候即將面對的**巨大災難**。

　　修行助使們也都緊緊地藏身於他們侍奉的魔侍的衣物內，咕嚕咚則緊緊抱住關着伶鼬的皮箱子。

　　昏沉的大地突然**豁然開朗**，天空露出一大片金黃色，但諷刺的是，海面卻開始波濤洶湧，船身劇烈搖擺，浪花捲進船內，大夥兒身上都被打濕了，海水滲進來浸透大夥兒的腳踝。轉瞬

間，鋪天蓋地的浪**席捲**了過來，衝擊着他們的小船，呼呼的海浪聲遮蓋了周遭的聲音，掩蓋了大家的耳膜。

「你還不快點使出離心魔法力？」惡神狼狽地擦拭臉上的海水，在呼嘯聲中大叫道。

「不。還未到時候。」船夫盯着險峻的海面，似乎在等待最恰當的時機。

他望着暗沉的海，突然，海面似乎被翻了開來，一道巨大的海牆漸漸升起……大夥兒驚訝得**目瞪口呆**，被眼前這驚人的一幕震懾得無法動彈……

第五章
對抗漩渦的魔法力

他們那如螻蟻般微小的船身被**高聳入天**的海浪高高地托起來了！

緊接着船身無重力般直直墜落，大夥兒整顆心都快掉出來了，誰知眾人驚魂未定，那面巨大的海牆向着他們傾覆下來了！

就在這時，那傾倒下來的牆突然旋了開去，往順時針方向開始旋轉，船夫立即擺出魔法手勢，口中大聲唸出咒語：「飛裏割特落斯——地納迷，離！」

霎時間，周遭時間似乎靜止了，一道濃霧籠罩着他們。朦朧中，他們見到一個模糊的影像，那是個魔女**安詳死去**的場景。畫面一轉，她周遭有個小魔侍拼命拉扯着她的軀體，不讓其他魔侍帶走她。

突然，一股強勁的風呼嘯着吹向他們，緊接着嘭地一響！大夥兒像遭到某個巨型炸彈擊中，被炸得四散飛躍開去……不知道過了多久，呼嘯聲停止了。

大家好像從一場**睡夢**中醒來，懵懂地朝周遭看去，此刻的海面一片寧靜，剛才的波濤險境都消失不見了。

「怎麼回事？我們在哪裏？」羅賓從沫沫懷裏探出頭來問道。

「大家都沒事吧？」哈里斯太太着急地檢查大家是否都還在原地。

咕嚕咚緊張地查看皮箱內的伶鼬，伶鼬雖然受到驚嚇，但還好好地待在裏頭。咕嚕咚**大呼口氣**，道：「小寶貝沒事，太好了！」

咕嚕咚這時看着大夥兒，問道：「大家都沒事吧？」

沫沫和其他伙伴雖然受到驚嚇，但現在都完好無缺地坐在位子上。

惡神冷冽地凝視大家，説：「沒事就好。」

「剛才你看到了嗎？那影像就是船夫不想記起的回憶吧？」子研問沫沫。

沫沫趕緊讓子研**噤聲**。她解開安全帶，過去對仍然一臉迷蒙的船夫説：「你需要幫忙嗎？」

船夫錯愕地看一眼沫沫，訥訥説道：「呃，好，你先幫我固定在這個方向，待會兒我需要再轉變方向。」

這時子研和仕哲也走過來，子研取出她的修

45

行助使——黃蜂布吉，道：「我的修行助使能指出目的地的方位，我會讓牠修正方向度數。沫沫，你扶船夫大哥去休息吧！」

沫沫扶着船夫坐到一旁，船夫仍舊**一臉茫然**，沫沫不禁感慨，心想：這魔法力喚起他最不想記起的痛苦回憶，而且還讓我們看見了，怪不得他不願教導我們怎麼使用離心魔法力。

船夫休息的時候，仕哲依照布吉所給的指示，學習怎麼當個*掌舵*的船夫。

「45度……朝北……轉2度，對……南35.7度……」

仕哲使出力氣轉動船舵，雖然一開始難以轉動，但不一會兒即掌握了力道，做得有模有樣。

「以後你也可以開船了。」子研打趣道。

「怎麼可能？我只是學會轉方向盤罷了。」仕哲謙虛地回道。

船夫這會兒已恢復了精神，他感慨地說道：「雖然已經習慣了離心魔法力的副作用，但每一

次還是很不好受。」

「謝謝你使出離心魔法力救了大家。」沫沫說。

「別這麼說，我也是為了救自己啊！」船夫說着，不禁莞爾，「其實，已經很久沒有出現這麼大的漩渦了。不知道該說你們幸運還是不幸才對。」

「雖然不能說是幸運，但是最重要大家沒事——」

哈里斯太太未說完，咕嚕咚就插嘴道：「哈哈！**大難不死必有後福**！」

惡神這回倒是沒有反駁咕嚕咚，要不是漩渦的出現，他可沒有機會親眼見證離心魔法力的威力。

船夫重新回到船頭掌舵，大夥兒也趁這機會感受難得**恬靜宜人**的渡船時光。

不一會兒，眼前出現了一座昏濛的小島。

子研興奮地跑到船頭，抬高了眼眉，仔細

察看那**若隱若現**的山影，問道：「那就是浮日島？」

「是啊！」

「真的很陰沉啊！」仕哲說。

「還沒到陽光顯現的時候。十一時至二時是浮日島最明亮的時刻。」船夫解釋道。

「哎呀，肚子好像有點餓了，是吧？」咕嚕咚摸著**圓滾滾**的肚子的同時，看向伶鼬道：「得給我的小寶貝吃點東西了呢！哈老太婆，你是不是帶來足夠的食物給小鼬？」

「真受不了你，還幫伶鼬取了名字，牠都還不是修行助使。」哈里斯太太沒好氣地撇撇嘴，道：「你就是太**一頭熱**，不要又是三分鐘熱度就好。」

「這回不一樣。我有預感，小鼬就是最適合我的修行助使。」

「每次都這麼說，你不膩我們都膩了。」小綠吐槽著，然後從哈里斯太太的懷裏跳到她的帽

子上，接着牠閉上了眼睛，大吸口氣道：「海的氣息啊！好久沒聞到了。」

「哈老太婆，你還沒有回答我的問題，有帶足夠的食物給小鼬嗎？」咕嚕咚**鍥而不捨**地追問。

哈里斯太太被咕嚕咚問得煩透了，從背包中取出一袋東西推到咕嚕咚跟前，道：「這是全部的飼料，別再煩我。」

「不是吧？才這麼丁點兒？你是想餓壞我的小鼬？」

「特訓只是兩天一夜，這些分量**綽綽有餘**。」

「不，你也知道，小鼬那麼活蹦亂跳，運動量特別大，牠肯定需要更多食物來補充能量——」

「閉嘴！別跟我說話了行不行？」哈里斯太太不耐煩地別過頭去。

「到底你有沒有帶多一點食物來？」

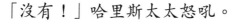

「沒有！」哈里斯太太怒吼。

「真是小氣，丁點兒食物都要跟我們小鼬計較——」

沫沫和幾位小伙伴**面面相覷**，想勸架卻又不知從何勸起。

就這般，他們在兩位導師的吵鬧聲中，抵達了浮日島。

第六章
恐怖叫聲的威嚇

「我就送你們到這裏了。」

船夫跟大夥兒擺擺手,就開動馬達駛走了渡船。

惡神轉過身,嚴厲地看向沫沫和小伙伴們,説道:「好了,是時候開始特訓。切記別多説廢話,也別拖大夥兒後腿!」

惡神瞄了咕嚕咚一眼,似乎在説他。

咕嚕咚倒是一點兒也不在意,**大剌剌**地往前走去,對大夥兒説:「這浮日島也沒什麼可怕的,就是多了些我們平常沒見過的生物,或者是變異的物種。」

「變異物種?為什麼會變異?」沫沫提問道。

「呃,這個嘛……」咕嚕咚歪着頭,似乎想

不到怎麼解釋。

　　惡神瞟了他一眼，說：「世界上的生物本來都一直在產生變化，有些是基因突變，有些是環境引發改變，浮日島常年潮濕陰暗，氣溫**變幻不定**，而且地處無人抵達之處，自成一個孤立小島，自然產生許多與我們的世界不一樣的動植物。」

　　解說到這兒，突然一排黑乎乎的東西**電掣風馳**地朝惡神臉上衝來，惡神瞬即脫口唸出咒語：「斯達地落，定！」

　　那些黑乎乎的東西馬上全部掉了在地上！

　　大夥兒著急地過去查看，仕哲撿起一隻想仔細觀察，卻不小心被刺傷手指頭，叫了一聲。哈里斯太太喝道：「大家都不准碰這些小東西！牠們是翼蜂，全身布滿尖尖細細的毒刺，被刺中者會出現全身無力的症狀。」

　　話音未落，仕哲就**兩腿一軟**跌了在地上！

　　「仕哲！」沫沫過去扶起仕哲。

「看來還沒特訓，就有個小魔侍受傷了。現在你們知道了吧？浮日島可不是讓你們來度假的，這裏**危機四伏**，如果不打起十二分精神，隨時會受傷……」哈里斯太太嘮嘮叨叨地説着。

惡神呵口氣，對仕哲嚴厲地説道：「我們可沒有**閒工夫**照看你。你自己想辦法跟着我們吧！」

沫沫覺得惡神的話非常刺耳，她不理會惡神，取出前陣子回去濕地家園時農叔交給她的療癒緞帶。

仕哲並不想讓沫沫難做，但他還沒來得及説出口，沫沫已將這寶貴的療癒緞帶往空中一拋！

嘭地一響，一串綠色粉末圍繞着仕哲被螫的傷口，滲進皮膚內。

「哎呀，沫沫，這可是農叔為了以防萬一，特意帶給你的療癒緞帶啊！你居然就這麼用掉了！我們才剛來到這裏，萬一之後受傷了怎麼辦？要是讓農叔知道，我可免不了一頓責

罵……」羅賓焦急地拍拍頭，碎碎唸了起來。

「對不起，羅賓，都是我讓沫沫浪費了這麼寶貴的療癒緞帶。」仕哲尷尬地低下頭。

「我覺得療癒緞帶就該在這樣的時候使用，仕哲，你不要介意羅賓的話。」

沫沫說着，瞅了眼羅賓，羅賓趕緊噤聲。

「怎麼樣？現在可以站起來嗎？」沫沫問道，米勒和子研這時也趕緊過來幫忙。

仕哲在大夥兒的**攙扶**下，慢慢站了起來，他顫顫巍巍地走了幾步，道：「我沒事。謝謝你了，沫沫。」

「在危難時刻互相幫助，是所有魔侍應分的事。」沫沫**意有所指**地說道。

向來不喜歡惡神的子研聽了覺得心情無比暢快，立即附和道：「沫沫說得真對！不曉得互相幫助的肯定不是魔侍，是惡魔！」

誰知惡神眉頭皺也不皺一下，一副事不關己的模樣，子研不禁想：他是故意聽不懂嗎？

仕哲繼續走幾步，不好意思地說：「我走得慢，你們先走吧！等我恢復體力，會使用速度力追上你們。」

「這裏可不是普通的小島，你認為你掉隊後有可能找到我們嗎？」惡神不客氣地說，「說到底，你不應該未經導師的同意隨意觸碰這裏的生物。」

沫沫差點脫口反駁惡神，但羅賓急忙拉扯她的衣角讓她冷靜些。

「對不起。」仕哲低下頭來。一向循規蹈矩的他很少犯錯，也一直避免做出違規的事，想不到這回因為好奇心而拖累大家。

這時咕嚕咚**挺身而出**，說道：「別再責備仕哲了，他也不是故意碰那些小翼蜂，不如讓我──」

「我來背他！」哈里斯太太說着，一個**箭步**衝過去將仕哲背了起來。

大夥兒都頗為訝異於哈里斯太太的熱心舉

58

動。

仕哲的臉刷地紅起來，急忙回拒：「不了，我還是自己走吧！」

「別囉嗦！我們沒有時間在這裏耗下去！」哈里斯太太望向惡神，道：「你來開路吧，萬老師！」

惡神不再多說，馬上唸道：「阿飛雷息讓克魔爾，開路！」

才唸完，他們腳下的枯枝灌木都傾倒向兩邊，惡神使用速度力往前衝去，大夥兒也趕緊使用速度力跟上。

一路上，不少**蟲蛇蟻獸**竄出來擋路，但都被惡神使用驅散力驅離開去。惡神在使用屏障去除力開路時，偶爾還需要使用驅散力將濃濃的霧氣散開。雖然同時使用三種魔法力，其速度仍然非常快。

子研雖然不喜歡惡神，但這會兒心底還是相當佩服他。

「幸好沒有可怕的猛獸出現啊！」米勒邊跑邊說，「你不知道，我從來沒有馴服過猛獸，被我不小心馴服的都是小型動物——」

米勒未說完，就有一隻花豹竄到他眼前，他來不及驚叫，咕嚕咚已瞬間衝過來喊道：「斯達地落，定！」

花豹立時**無法動彈**，被遠遠拋在後頭，大夥兒感到慶幸之際，想不到後方又傳來聲響。

「花豹竟然不死心！牠追過來了！」子研擔憂地回頭看一下。

「有我咕嚕咚在，怕什麼呢？」

說着咕嚕咚盯着迅速跑來的花豹，凝神唸道：「阿拉氣佛逆斯——獅子！」

接着咕嚕咚朝花豹發出巨大的獅子吼叫聲！

「是變聲力！」米勒叫道。

花豹停頓一下，似乎還想追來，咕嚕咚立即變換聲音，這一回，他發出令人**毛骨悚然**的恐怖叫聲！

跑在前頭的大家雖然聽得不太清楚，但是仍感受到這淒厲叫聲的可怕。

　　「這聲音聽了令人毛骨悚然，太可怕了！」米勒說。

　　「我也不喜歡，晚上聽見會**發噩夢**吧？」子研邊跑邊遮住耳朵。

　　羅賓皺眉問道：「沫沫，這到底是什麼動物的聲音啊？」

　　沫沫聽了一會兒，說：「我聽過一種會嚇哭人類小孩的動物，叫做倉鴞。」

　　咕嚕咚似乎聽見他們的對話，用平常的聲音說：「沒錯，就是倉鴞。我可是找了很久才找到這種叫聲嚇死人的生物。」

　　說完咕嚕咚又使出變聲力，連續發出嚎叫。

　　花豹被倉鴞的恐怖叫聲嚇着了，不再窮追不捨。

　　沫沫和小伙伴們都忍俊不禁地笑了起來。

　　「咕嚕咚的變聲力太**出神入化**了，居然連

花豹都被嚇退！」子研說。

「是啊！想不到看起來沒什麼威力的變聲力，關鍵時刻這麼好用。」米勒由衷佩服咕嚕咚，「我肯定沒辦法冷靜地對一頭衝過來的猛獸使出變聲力。」

一眾魔侍在叢林中快速掠過，持續了一個小時多，這時候沫沫和其他小伙伴漸漸力不從心，速度減緩許多。

哈里斯太太大聲提醒道：「休息一會兒吧！小魔侍們不夠力氣繼續行使魔法力了。」

惡神往後瞄了一眼，不加理會地繼續往前奔去，沫沫、米勒和子研只好拚盡全力跟上。

不久，他們來到一個**豁然開朗**的平地，惡神這會兒停下來，說道：「在這裏休息一會兒吧！」

沫沫和兩位小伙伴大呼口氣，**筋疲力竭**地隨地而坐。

哈里斯太太也放下她背後的仕哲。

仕哲趕緊說：「謝謝你，哈里斯太太，我體力已恢復得差不多了，待會兒我可以自己行使速度力。」

哈里斯太太瞟了他一眼，道：「好吧！如果你不想接受特訓就自己走。」

「仕哲已經來到浮日島，當然要參加特訓啊！為什麼不呢？」米勒**不明所以**地問。

小綠叉著腰點醒米勒：「哈里斯太太的意思是仕哲還不適合自己行使速度力，這樣你都不明白嗎？」

米勒抓抓頭，顯得很不好意思。

「被翼蜂螫到，少說也要半天才有辦法完全恢復體力。勉強使用速度力只會**自討苦吃**，造成體力透支。」

仕哲決定聽從哈里斯太太的話，不再推辭她的好意。

「看來這些小魔侍真的什麼都不懂。小綠，他們就交給你了。」哈里斯太太吩咐小綠道。

「沒問題！我會好好照看這些小魔侍。」

小綠轉過身，一副管家的姿態對小魔侍們說：「先好好**閉目養神**，待會兒可有你們忙的了。」

於是大家各自聚氣凝神歇息。

第七章
惱人的懲罰

靜靜地休息一陣後，子研忍不住問哈里斯太太：「我們接下來要去哪裏？」

「先找到適合**下榻**的地方，再開始今天的訓練。」

「什麼才是適合下榻的地方？」米勒也很好奇。

哈里斯太太喘口氣，道：「必須是可以藏身的遮蔽處，比如洞穴。」

「哇！居住在洞穴？那不是像人類的原始人？」子研顯得躍躍欲試。

「那可不是什麼可以期待的住處。哼！」哈里斯太太說着，眼角瞟向咕嚕咚。

咕嚕咚沒時間理會大家，他一直緊盯着皮箱中的伶鼬，對牠**噓寒問暖**。

他一會兒說：「剛才沒有嚇着你吧？」

一會兒又說：「我就知道你不會這麼容易被變聲力嚇着。」

他看進皮箱，似乎覺得**不對勁**，趕緊又問：「你是不是真的被嚇着了？」

過了一會兒，又哈哈大笑道：「有我在什麼都不用怕，對不對？啊，你一定很餓了……」

「真是個伶鼬痴，沒眼看他。希望特訓時不要出任何差錯就好。」哈里斯太太晃晃頭嘀咕着。

很快地，惡神喚大家啟程。

這一回，沒用多少時間，他們就抵達住處。

那是個**簡陋**的石洞，周遭有草叢和樹葉覆蓋着，看起來的確是個不錯的隱蔽處。

惡神唸出驅散力咒語：「形夾離稀，散開！」撥開雜亂的樹叢，率先走進裏頭。米勒隨即跟進去，卻被小綠大喝一聲：「在這兒待着！」

米勒吐吐舌頭，乖乖守在洞口。

不久，惡神矮着身子走出來，道：「沒問

66

題。」

「什麼沒問題？」仕哲好奇問道。

「這裏雖然是遮蔽處，但必須確保不是野獸的巢穴。」哈里斯太太説。

「我知道了！萬一是野獸的巢穴，我們住進裏頭可會被野獸攻擊。」子研説。

「你只説對了一半。」哈里斯太太回道。

子研顯得很困惑，不知另一半會是什麼原因。

沫沫想了想，道：「不能打擾野獸的生活？」

「不錯。我們來這裏訓練，對這裏的環境及生物已經造成一定程度的破壞，所以絕對不能打擾到生物的生活。」

接下來，小綠指揮着，讓他們將所攜帶的輕便行李放進石洞內。

離開石洞時，惡神使出遮蔽力：「阿迫谷露息，遮蔽！」

石洞隨即被樹葉和泥塊遮蔽住。

安頓好住處後，小綠取出一本小冊子宣布

道：「第一關，速度力測試，米勒五分，子研七分，沫沫八分。」

大夥兒錯愕地看着小綠。

「這是什麼分數？」子研趕緊問道。

「從一抵達浮日島就已經展開特訓了，你們不知道嗎？」小綠用力合上小本子，眉頭挑動兩下。

「什麼？已經開始特訓？」米勒驚訝地張大嘴，隨即著急問道：「剛才你說的分數是什麼？」

「這一次特訓採用計分制，得分最少的魔侍必須接受**懲罰**。」小綠向大家說明道。

「什麼懲罰？」子研不禁皺起了眉頭，這惡神還真是喜歡懲罰他們。

「不，仕哲還沒有恢復體力，怎麼能這麼快計分？他這次速度力根本沒辦法得分，對嗎？」沫沫提出質疑。

「喬仕哲擅自觸碰蟲子導致全身無力，這是他的失誤。所以他到目前為止是──零分。」惡神*輕描淡寫*地說道。

「零分？」大夥兒看向仕哲，仕哲低着頭呵了口氣，顯得有點洩氣。

沫沫爭辯道：「這不公平。大家應該在同樣沒有受傷的狀況下比試。」

「競賽開始時可不會看你有沒有受傷，不讓自己受到傷害也是計分的一環。」惡神不以為然地說。

沫沫很無奈，但惡神所說的確有他的道理，競賽都是無情的，只看結果，不計過程和條件。

「不行，仕哲第一關卡一分都沒得到，如果他最後一名，就必須接受懲罰！」子研不忿地說。

「仕哲的體力應該已經恢復得差不多，其他特訓環節的分數你們可不一定比他高啊！」哈里斯太太環顧他們一眼，道：「大家還是別替其他魔侍擔心，專注在接下來的特訓吧！」

米勒擔憂地問道：「最後一名到底會接受什麼樣的懲罰？」

惡神睨視四位小魔侍，說道：「也不是什麼

難事，不過是把修行助使食物圖鑑背下來。」

「什麼？修行助使食物圖鑑？不會是把整本圖鑑都背下來吧？」子研驚訝地詢問道。

「當然。」

「整本圖鑑？那可是厚厚的一大本圖鑑，只有人類的電腦可以做到吧？」子研**難以置信**地說。

「要參加魔物師競賽，必須熟讀修行助使的食物種類。背下整本圖鑑對你們只有大大的好處，你們有什麼好埋怨？這是最適合你們的處罰。」惡神牽動了嘴角，**似笑非笑**。

「不，不。那麼厚一本圖鑑，想到我的頭快爆炸了！我有魔侍手冊提示，才不要背什麼食物圖鑑！我連幾條魔侍守則都背不好……」子研驚恐萬分地晃晃頭。

「這是懲罰，不到你說要或不要。」惡神冷哼一聲，說道。

子研還想提出異議，仕哲趕忙勸阻她。

「廢話少說。第二關卡——」惡神目光橫掃

四位小魔侍，慢慢吐出：「抓捕隱藏在四周的隱形粉翅蟲。」

「隱形粉翅蟲？就是那種體色透明的翅蟲？」沫沫問。

哈里斯太太讚許地點點頭：「你的生物學知識倒是相當豐富。」

「你們是什麼時候把隱形粉翅蟲藏起來的？」米勒驚奇問道。

「剛才你們休息時，我就讓小綠把帶來的隱形粉翅蟲都藏好了。」

「我看過關於這種蟲的介紹。」沫沫拿出魔侍手冊，唸道：「隱形粉翅蟲體色粉紅，呈透明狀，會分泌毒液，觸碰時間不能超過十秒，否則**會痕癢難當**，甚至起水泡。」

「不能觸碰超過十秒？我們去抓捕牠們肯定會觸碰到啊！」仕哲馬上問道。

「放心！只要快速放進捕蟲袋內，這種毒液就不會滲透進皮膚。」哈里斯太太説着，讓小綠

分發捕蟲袋給他們。

「這袋子能發出**誘惑**蟲子的光，防止被抓捕到的蟲子逃出去。記得抓到蟲子後馬上放進袋子哦！」小綠把袋子發給沫沫他們時提醒道。

沫沫、子研、仕哲和米勒四位魔侍站在原地**蓄勢待發**，現在只等候惡神一聲令下。

「我們三位導師會在附近盯着你們。共有二十隻隱形粉翅蟲散落在前面這片叢林中，你們半小時內必須將牠們全數收回。」

惡神凌屬地喝道：「開始！」

第八章
隱形粉翅蟲的考驗

　　四位小魔侍往前方奔去，大夥兒睜大眼睛朝樹叢中每個角落仔細地搜尋。

　　子研的修行助使布吉馬上給出指示：「西北偏西⋯⋯278度⋯⋯」

　　大夥兒都聽見了，但他們並沒有依照布吉給予的提示方向過去捕蟲，大夥兒都想靠自己**抓捕**隱形粉翅蟲。

　　「嘿！只要根據提示，就能很快抓捕到蟲子了。想不到這些小魔侍這麼愚蠢，有這麼好的助力也不曉得使用。」惡神說。

　　咕嚕咚撓撓頭，道：「雖然不聰明，但靠自己捕蟲，不覺得很有**紳士風度**嗎？」

　　「哼！在危險面前，講求紳士風度只會讓自己身陷險境。」惡神不以為然地撇撇嘴。

子研在布吉的提示下，果然第一個發現隱形粉翅蟲，將牠抓住後快速放進了捕蟲袋內。

緊接着，沫沫和仕哲也陸續在石頭縫內、樹葉下方抓捕到第一隻蟲子。

米勒讓自己別着急，他呵口氣皺緊眉頭，往地上、樹幹上掃去泥土和樹葉，想找出隱藏在裏頭的隱形粉翅蟲，誰知不小心撥到一隻藏身於樹皮下的尖叫天牛！

尖叫天牛**顧名思義**是會發出尖厲叫聲的天牛，惡神和咕嚕咚立即趕了過來，當看見只不過是隻天牛時，惡神拉長着臉吩咐道：「快讓牠停止尖叫！」

米勒趕緊把尖叫天牛抓了過來，對牠説：「乖，別怕，我沒有要傷害你。」

尖叫天牛繼續尖叫，吵得大夥兒心神不寧，米勒不知該怎麼辦才好，**束手無策**的樣子。

「還是幫他一下吧？要不然我的小鼬可要受不了。」咕嚕咚説着，想要出手幫忙，但被惡神

制止了。

「他們必須自己解決在特訓中惹出來的麻煩，除非特殊情況，否則導師只負責指導，不能干預，你不知道嗎？」

咕嚕咚無奈地退了回去。

這時沫沫趕了過來，對着天牛使出催眠力：「系諾絲，眠！」

尖叫天牛在催眠力的作用下，昏睡過去，這才平息了這場**騷動**。

「米勒，你要相信自己。」沫沫為米勒打氣道：「你忘了你怎麼安撫豪豚了嗎？*」

米勒回想自己在濕地家園與湖水中的巨大豪豚對峙時，冷靜地安撫牠的情景。他呵口氣，心想：沒自信的習慣再不改掉，我可沒法成為魔物師啊！

米勒認真地**頷首**，馬上再去搜尋樹叢中的隱

---

* 想了解米勒安撫豪豚一事，請參閱《魔女沫沫的另類修行7：黑暗崛起》。

形粉翅蟲，但他什麼都找不到，還總是在意其他伙伴尋找粉翅蟲的情況。

「不行，我必須專注。」米勒對自己說，呵口氣慢慢靜下心神。

他專注地聆聽四周動靜，除了伙伴們走動的聲音，他還聽見樹葉晃動發出的沙沙聲、風兒吹拂過來的呼呼聲、鳥兒掠過樹椏的噗噗聲……

他聽見了！他聽見蟲兒在樹林中活動的細微聲響！米勒輕輕撥開泥沙，看見螞蟻有序地走進洞穴；樹葉背面，毛蟲在啃食嫩芽；石縫間，飛蛾揮舞翅膀落在青苔上……

米勒突然發現了什麼，他小心翼翼地往一根枯木枝的分叉處內側某個粉紅光點抓過去！

米勒終於抓到第一隻隱形粉翅蟲！

第九章
具有殺傷力的尿液

米勒繼續左右探視，很快地，又發現一隻躲在凸起的樹皮縫隙中的隱形粉翅蟲，他把牠迅速抓緊，放進捕蟲袋內。

「你不知道，抓粉翅蟲真是太好玩了！」米勒**喜不自勝**地笑着說。

其他三個小伙伴也很快掌握到發現隱形粉翅蟲的秘訣——尋找粉紅光點！

過不了多久，大夥兒都順利地抓到蟲子。

這一回，反倒是有提示的子研落後了，布吉給予的指示雖然有用，但不比其他同伴依靠自己的觀察來得快。

「再這樣下去我可要成為最後一名了。不行，得加快抓到粉翅蟲⋯⋯」

子研焦急地讓布吉給出下一個提示。

黃蜂布吉緩緩地唸道：「東北朝……北……40……」

「唉！你就不能再快點嗎？」

布吉突然**愣在半空**，呆呆地張着嘴發不出聲來。

「到底是多少度？」子研催促道。

「4……」布吉擠出一個數目，但馬上又啞了。

仕哲剛抓到一隻粉翅蟲，放進袋子時發現子研**跺腳焦慮**的模樣，於是趕忙跑過去她那兒。

「怎麼了，子研？布吉牠——」

仕哲說着，也不禁愣在那兒。布吉從來沒有像今天這樣，呆在半空啞口不說話。

「布吉是不是有什麼不對勁？」仕哲問。

「不知道啊！急死我了！怎麼還不快點說清楚？時間快到了！」子研又再催促布吉，「你快點說啊！到底是四十幾度？」

「4……」布吉說了一個開頭又愣住了。

「我覺得布吉聲帶似乎有問題。這樣吧,我已經抓到五隻粉翅蟲,我來幫你抓。」

「啊?你幫我?可是……可以嗎?」子研說着,眼角瞄向不遠處的三位導師。

「導師沒有說不能幫其他魔侍抓捕蟲子。」

仕哲說着,往四周搜尋起來。

「對哦!的確沒有規定不能幫其他魔侍,要是有規定,你這**循規蹈矩**的乖乖牌魔侍當然不可能會來幫我。」子研噘了噘嘴,道:「嘿,好吧!這回就讓你幫我,不過我絕對不會白白讓你幫我的!」

正說着,布吉突然**晃晃身體**,大聲地唸出:「東北偏北……48度!2.5米!」

「噢!原來是48度,好,我不需要其他魔侍幫忙,我自己來!」

說着子研急急地看向父親送給她的戒指指南針,把指針對向布吉所給的提示,朝紅色針尖指向的方向衝了過去!

「這子研，總是這麼心急。」仕哲很擔心，急忙地跟了過去。

子研迅速搜索着布吉指出的方位，那片土地覆蓋着**腐爛**的枯葉和樹枝。她趕忙掃開覆蓋物，卻發現下方是一灘濃稠的濕土。她皺了皺眉，唸叨着：「別以為你躲在裏頭我就抓不到你！」

子研顧不着髒臭，居然伸手進黏稠的濕土內摸索着，終於，她似乎摸到了什麼，高興地抽出手來！

「看我還抓不着你？」

子研**一臉興奮**地說着，就在這時候，一陣臭氣瀰漫開來……頓時在附近搜尋蟲子的米勒和沫沫也受到波及。

「哇！好臭！誰在放屁？」米勒忍不住揑着鼻子說。

沫沫懷裏的羅賓趕緊用翅膀掩蓋着嘴尖上頭的小鼻孔，倉鼠毛利鑽到仕哲口袋內，連布吉都沒辦法繼續給予提示，快速竄進子研的小背包

內。

導師們也聞到異味，大夥兒或是摀着鼻子，或是揮動雙手想**搧走臭味**，子研趕緊打開手中的小東西，慌忙解釋：「不是我放屁，是這怪東西放臭屁啊！」

惡神一聽，使用速度力迅速跑來，並將子研手中的蟲子奪去，揮到遠處。

「呼！」惡神悻悻然地說道：「好捉不捉，怎麼捉個臭屁蟲！」

「哦，原來剛才我誤捉到臭屁蟲了啊！」子研甩甩手，似乎想甩走手上的臭味，但當然甩不掉。

沫沫唸出除臭力咒語：「阿破屍迷滴叩，除臭！」

子研手上的臭味這才清除掉了，但沫沫隨即抓起子研的手掌，說道：「**你被灼傷了！**」

「有嗎？」子研查看手掌，掌心果然有道灼傷的痕跡。

「臭屁蟲難道會噴火？」米勒擔憂地過來慰問。

「呵呵，那可不是火，而是尿液。」咕嚕咚說道。

子研的雙目差點沒凸出來，拚命甩手道：「竟然是尿液？髒死了！」

沫沫馬上取來水壺倒在子研手上，沖洗黏在手上的尿液，並檢查子研的手掌，對哈里斯太太說：「有輕微灼傷。」

哈里斯太太吩咐小綠：「應急用的藥箱內有灼傷藥！」

小綠跳進石洞，不一會兒取出個小管子，交給沫沫。

沫沫幫子研塗上藥膏，解釋道：「你剛才捉到的是荔枝椿象，俗稱臭屁蟲。荔枝椿象遇到危險時會噴出尿液，而牠的尿液會散發惡臭，還會灼傷皮膚，甚至造成潰爛。」

子研聽得一驚一乍的，扁扁嘴道：「塗藥

86

了應該沒事吧？」

沫沫說：「幸好是輕微灼傷，你應該不屬於敏感體質。」

仕哲似乎放下心來，呵口氣道：「那麼有殺傷力的尿液，還是頭一回聽說。」

這時惡神宣布：「時間只剩三分鐘。」

大夥兒**如臨大敵**般趕緊最後衝刺，耳聽八方眼觀四方地快速搜索。

「十、九、八、七……」惡神倒數計時着，還有一隻隱形粉翅蟲沒有被收回來。

就在最後三秒時，沫沫在高高的樹梢中發現了粉翅蟲的粉紅身影：「在那兒！」

沫沫發出聲音的同時，**衝向天際**！

「……一！」

當惡神喊出「一」時，沫沫嗖地從樹梢用飛行力衝回地上。

她欣喜說道：「得手了！」

大夥兒不禁開心得歡呼起來。

「真是。這才第二關卡，高興什麼？」哈里斯太太吐槽道。

「是啊！接下來還有得你們受的呢！」小綠也開腔道。

但四位小魔侍並沒有因此而沮喪，大夥兒嘰嘰喳喳地述說着剛才捕捉粉翅蟲的興奮經歷。

「好了，大家交上捕蟲袋。」惡神吩咐道。

小伙伴們這才停止歡騰。

惡神打開第一個袋子，數算着裏頭的粉翅蟲，宣布道：「喬仕哲，六隻。分數——九分。」

「嚴沫沫，六隻，九分。」

「齊子研，五隻，八分。」

惡神還未宣布完，米勒不禁有點洩氣，自己果然還是墊底。

「房米勒，三隻⋯⋯七分。」

「咦？我竟然有七分？可是我才捉到三隻！」米勒感到不可思議。

「計分方式除了看所捉到的粉翅蟲數量，還要看粉翅蟲有沒有受到驚嚇。」惡神解釋道：「粉翅蟲受驚時，翅膀會掉出粉末或損傷，你雖然只捉到三隻，但你所捉的粉翅蟲的翅膀沒有掉粉，也完全沒有受損，加兩分。」

　　「啊？加兩分？哈哈，沫沫，我加兩分啊！」米勒開心得**手舞足蹈**。

　　沫沫握緊拳頭比了個加油的手勢，不覺抿嘴笑了起來，看來米勒似乎已經征服了沒有自信的自己了。

第十章
強度記憶訓練

　　小綠將所有的捕蟲袋收集了放進石洞，大夥兒正等待惡神宣布第三道關卡是什麼時，天色突然暗了起來。

　　「這麼快就天黑了？」子研驚奇地望向**昏暗**的天空。

　　「剛才船夫有提到，浮日島和周邊地區日照時間只有三小時，想不到三個小時這麼快就過去了。」沫沫也警惕地觀察四周。

　　「正好。是時候進行第三關卡。」惡神望向小魔侍們，「第一關卡訓練專注力，凝神追蹤，專注在一件事上。第二關卡還是訓練你們的專注力，學習眼觀四處、耳聽八方，不能放過任何周遭的細微物件和聲響。」

　　「原來剛才的特訓都是有它的意義。」羅賓

點着頭，對沫沫説：「我還在想為什麼要你們找那些隱形蟲呢！」

惡神瞥一眼羅賓的方向，繼續説：「即使看不見，也要感知到那樣東西的存在。**專注凝神**，把專注力穿透附近的空間。至於第三關卡——」

惡神説到這裏，對哈里斯太太比了個請的手勢。

哈里斯太太站出來，道：「這一關是考驗你們的記憶力。我現在帶領你們去這附近尋找植物，你們必須做到專注凝神，把我説過的每種植物的形態和名字、它是什麼生物的食物都記在腦海中。」

四位小魔侍還未反應過來，哈里斯太太已**邁開步伐**往樹林走去，大家趕緊跟過去。

哈里斯太太邊走邊瞇起眼朝周邊察看，然後指着樹叢中的一撮植物，説：「這是驪山葵，是白蠑螈和灰蠑螈的食物。」

「這叫棘鱗片，是鰻鳥的食物。」

「還有這個，青葉菌，三角龜喜歡吃。」

「驪山葵，白蝶蜥和灰蝶蜥。棘鱗片，鰻鳥。青葉菌，三角龜。」沫沫專注地重複唸誦哈里斯太太所說的話，讓自己把它記在腦海中。

「**複誦**的確可以幫助記憶，不愧是小魔女啊！」咕嚕咚忍不住讚美道。

仕哲、米勒和子研也趕緊跟着複誦哈里斯太太說出的話，希望把它都刻印在腦海中。

沫沫發現周遭雖然一片昏沉，但她似乎還能清楚看見哈里斯太太所指示的植物。

「難道是第二關卡尋找隱形蟲的訓練提升了我的視力？」

哈里斯太太走去另一片樹叢，沫沫不敢怠慢，專注於複誦和記憶。

哈里斯太太剝開樹洞邊框的樹皮，那兒露出幾株傘狀菇類，她指了指它們，說道：「連絲菌，白竹蛇的食物。」

他們繼續跟着哈里斯太太繞着樹林走一遍，回到原地後，哈里斯太太問大家：「經過剛才第二關卡的訓練，是不是覺得**視力敏銳**了？」

「視力的確敏銳了很多。原來第二關卡有這樣的作用。」仕哲説道。

「當然。每一道關卡都與接下來的訓練息息相關，你們可不能**掉以輕心**。」

惡神這時問道：「哈里斯太太指出的植物都記住了嗎？」

「怎麼可能？哈里斯太太只説了一遍。」子研噘噘嘴道。

「那……就祝你們好運了。」惡神説着，露出輕蔑的神情。

「不管你們記不記得住，第三關卡任務——」哈里斯太太緩緩宣布，「一個小時內將我剛才提過的十六種植物搜集完成！」

「不行啊！我根本記不住！」子研申訴道。

「那是你的問題。」惡神冷漠地回道，「競

賽時可不會給你任何提點。」

子研懊惱地抓抓頭，說：「我真的記不住這些植物啊！看來還是無法避免背誦。」

「當然。施行魔法力也需要背誦咒語。記憶力不好就得想辦法加強！」惡神**毫不留情**地說。

「搜集植物來做什麼？」仕哲疑惑地問。

「這些植物是重要的食物啊！」小綠說道。

沫沫疑惑地望向伙伴們，輕聲問道：「哈里斯太太不是有帶食物來嗎？」

伙伴們似乎也不懂為何要搜集浮日島的植物來吃。

「搜集不足的話，之後的關卡可就沒辦法完成。」哈里斯太太說着，看了看手錶，然後宣布道：「開始！」

四位小魔侍馬上衝進樹叢。

大夥兒憑着記憶搜尋哈里斯太太提過的植物，但樹林中植物**叢生交纏**，要尋找某一種植

物本來就不容易，更何況尋找十六種？

　　米勒只記得前面三種植物，而子研更糟，記性向來不好的她只記得最後提起的犀角蕨和白露菇。仕哲回想着，找到了中間提過的四樣，當中還有兩樣跟沫沫重疊了。

　　沫沫將找到的四樣植物放到收集處後，又趕緊回去採摘植物。

　　記憶力超羣的她幾乎記得全部植物，她口中唸叨着剛才記下的植物名稱：「雪地絨、兔耳豬籠草、皇冠點蕨……」

　　沫沫憑着過人的記憶，終於找齊了伙伴沒找到的其他幾種植物。

　　她數算着大夥兒收集到的植物，對羅賓說：「還有一種。到底是什麼呢？」

　　沫沫絞盡腦汁回憶着，但時間緊迫，沒有時間讓她慢慢回想。

　　於是她再衝進去樹叢，走一遍哈里斯太太行走的路徑。

她本能地搜尋着，經過哈里斯太太走過的路時，腦海**自然而然**浮現剛才提過的植物的形象和功用。最終她趕在最後一秒，成功採集到與雪地絨類似的樹脂絨，放到收集處。

　　「原來是這個！我一直記得有兩種很相像的植物，但就是記不起另一個，直到我親眼看到它才想起來。」沫沫高興地對伙伴說。

　　「都找齊了嗎？」惡神問。

　　「是。總共十六種植物，都找齊了。」沫沫回道。

　　「都找齊了？」哈里斯太太懷疑地走去查看他們腳邊的植物。

　　「雪地絨、犀角蕨、驪山葵、連絲菌、棘鱗片、兔耳豬籠草……」

　　哈里斯太太點算完畢，不能置信地瞪大那細小的眼睛。

　　「嘿，想不到你們真的找齊所有植物。」

　　「正確來說，是沫沫找齊了所有植物。」

仕哲澄清道，「我相信沫沫能獨自找齊所有植物。」

「不，如果只有我一個，肯定來不及在一小時內找齊。」沫沫謙虛地說。

「嗯，這次魔物師競賽是兩人一組，曉得與同伴合作也是訓練的其中一個要素。」

大家屏息等候惡神宣布成績。

「米勒，四分。子研，三分。仕哲，八分。沫沫——」

沫沫挑起了眉，仔細聆聽。

「十分。」

眾人愣了一下，接着米勒歡呼道：「十分？沫沫，你是天才啊！哈哈！你真的是天才！」

米勒歡欣地與羅賓一塊兒手舞足蹈。

子研皺了皺眉，道：「米勒你怎麼這麼高興？現在分數最少的可是你哦！」

「啊？是我嗎？」

「對啊！第一關你拿五分，第二關七分，加

上這關四分，總共十六分。我得到十八分，仕哲則是十七分，沫沫最高，二十七分。」

「呵？看來我最有可能背誦整本修行助使食物圖鑑……你不知道，其實我記憶力也不好……」米勒頓時洩了氣般垂下頭來。

「嘿，你現在才曉得着急嗎？」子研說着，防備地盯着伙伴們，「大家現在是**互相競爭**的對手，不是朋友。」

「對手就不能是朋友嗎？」沫沫說。

「**對敵人仁慈就是對自己殘忍**，你沒聽過嗎？」

「我們不是敵人，只是對手。」沫沫覺得不以為然。

「你不會是最後一名，當然這麼說。」子研說着，無奈地呵口氣道：「我也不想與你們為敵啊！只是我真的不想背誦整本圖鑑。」

「你們還有心思討論這些？十分鐘後開始第四關卡，你們不會想餓着肚子來進行接下來的特

訓吧？」惡神吃着雲朵菇飯糰，一邊**雲淡風輕**地說。

大夥兒聽了趕緊**囫圇吞棗**地吃起飯糰。

經過剛才高強度的特訓，他們早已飢腸轆轆，大家可不想餓着肚子特訓呢！

第十一章
馴服的竅門

「第四關卡沒有時間限制。」

惡神**木無表情**地這麼說時，子研欣喜地鬆口氣，道：「太好了，終於不用趕時間。」

「要是你以為可以輕鬆過關，可就錯了。」

惡神輕蔑地睨視四位小魔侍，大夥兒不禁打了個冷顫。

「別賣關子了啦！萬老師！」咕嚕咚迫不及待地對他們說：「嘿，這一關可是最難的，要馴服超級難搞的生物！」

「難搞的生物？」

四位小魔侍**倒吸口氣**，屏息等待惡神宣布他們需要馴服的是何種生物。

「你們必須馴服浮日島上特殊的生物——金斑毒蠍。」惡神說着，仰高着頭斜睨他們，「金

斑毒蠍喜歡躲藏在潮濕陰暗的樹根底下。牠**脾性頑劣**，不僅有毒，還具有堅韌的硬殼，幾乎沒有天敵。」

「我們只好對牠施行定身力，再想辦法馴服牠。」子研盤算道。

誰知惡神似乎知曉她的心思，嘴角翹高了說：「啊，對了！即使被施行定身力，意志力異常頑強的金斑毒蠍還能移動，而且身上會分泌毒液，千萬不能隨便觸碰牠。」

「竟然有生物不會被定身力困住？」仕哲**嘖嘖稱奇**。

「就是因為這種生物，我們才需要來到浮日島受訓。」惡神說着，施行飛行力往上衝去，半晌，他俯衝下地，挑高了眉指向北，說道：「距離這兒一公里以外就是牠們的潭水巢穴。馴服不了金斑毒蠍，你們就不用回來。」

「呵？不回來要去哪裏？」米勒訥訥問道。

「在潭水邊上過夜也是不錯的體驗。」惡神

輕描淡寫地說。

四位小魔侍嚥了下口水，大夥兒可不想在金斑毒蠍的巢穴度過一夜呢！

他們**神情凝重**地對看一眼，化為四道影子，往目的地衝去！

四位小魔侍來到惡神所說的潭水。

這兒其實是個很大的湖，湖水與海灘之間有一條細長的小溝連接，形成一個肚量很大的瓶子形狀，而所謂的潭水，其實都是由海灘那兒**流淌**過來的海水。

金斑毒蠍圍繞着潭水邊上的泥沼和樹根生活。

潭水湖乍看之下非常平靜，但仔細聆聽，卻可聽見許多微小的聲音。

「那是什麼聲音？」子研問。

米勒聳聳肩，一臉畏懼的模樣。

仕哲和沫沫慢慢走向**黏稠鬆軟**的潭邊。米勒和子研在後方盯着那泥濘的土地。

由於天色昏暗，他們都睜大了眼，金晴火眼地察看周遭的每一寸土地和細節。突然，子研注意到一隻小彎勾從泥沼中伸了出來——

她急忙叫道：「小心！」

仕哲和沫沫立即施展飛行力飛躍於泥沼上方，在他們剛才站立之處果然冒出幾隻金斑毒蠍！

「看到牠們了！」子研說着，**摩拳擦掌**地使用飛行力飛過去，唸道：「斯達地落，定！」

沫沫、仕哲和米勒也趕緊朝這幾隻金斑毒蠍施行定身力，牠們雖然動作有遲緩下來，但很快地，又恢復了行動，六隻彎彎的爪子快速移動於泥沼中，很快又陷了進去，完全看不見蹤影。

「必須先想辦法捉住牠們。」沫沫想了想，問仕哲道：「你記得有什麼挖掘力之類的咒語

嗎？」

仕哲晃晃頭不經意地回道：「我只記得拔除力——」

他驟然被電擊中般**喜出望外**地叫道：「對啊！拔除力！我們可以應用拔除力將這些金斑毒蠍從泥土中拔出來！」

大夥兒趕緊讓仕哲教導他們拔除力咒語。

他們花了些時間練習拔除力，從拔出一隻細小的蟲蟻到一個貝殼，花了整整兩小時練習，但仍舊沒辦法拔出金斑毒蠍。

「怎麼辦？這麼練下去，天黑了都沒辦法讓金斑毒蠍冒出來。」子研着急地說。

「這裏早就天黑了，不是嗎？哈哈！」米勒笑着說。

「你還笑？不怕在這兒過夜？」

米勒這才着急地抓頭，問：「那我們該怎麼快點練好拔除力？」

大夥兒聽着泥土內發出的噗嚕噗嚕聲，卻毫

無對策。

「你們還記得剛才的特訓嗎？」沬沬突然醒悟到一件事，詢問大家。

「第一關卡讓我們專注跟着惡神，是訓練我們的專注力。」米勒說。

「第二關卡是訓練感知力，第三是記憶力，那現在……」子研**推敲**着。

「集合前面三項所學，練習魔法力！」沬沬說道。

於是乎，他們擺出魔法手勢，盯着眼前的土地，全副心神集中於施行拔除力。恍然間，潭水周遭的空氣似乎凝聚了一股看不見的能量，大地呈現着流動的幻影……然後，大夥兒對着蠢蠢欲動的泥土唸出：「梅達基泥息，拔除！」

霎時間，一堆金斑毒蠍**破土而出**！

「快施行魔法力！」沬沬喝道。

「系諾絲，眠！」「斯達地落，定！」「耶勒勾斯，動！」

四位伙伴對着眼前**攢動不停**的金斑毒蠍輪流並重複施行各種控制行動的魔法力。大約施行一刻鐘後，金斑毒蠍行動緩慢下來，漸漸地，牠們東歪西倒地躺在泥地，彎彎的兩隻大鉗子卻還不死心地緩緩畫動着。

　　「好了，別讓牠們真的睡去。」沫沫說道，慢慢走到金斑毒蠍的跟前。

　　沫沫目視其中一隻金斑毒蠍，露出強大的氣場，繼續施行控制力：「耶勒勾斯，動！」

　　只見那金斑毒蠍隨着沫沫的手勢，慢慢爬了過來。

　　待牠走到沫沫跟前，沫沫堅定的眼神似乎在與牠進行某種無聲的交流……金斑毒蠍竟愣住了，下一秒，牠那小眼珠**柔和**下來。

　　沫沫此刻伸出手掌，金斑毒蠍竟乖乖地爬上去，尾巴乖巧地垂下來。

　　同一時間，子研利用幻想力讓一隻金斑毒蠍被漆黑的泥濘舒服地圍繞着；仕哲使用燃火力震

懾住一隻金斑毒蠍；而米勒則**輕柔細語**地對金斑毒蠍説着話，語氣中似乎有着某種魔力。

雖然方法不盡相同，但是四位小魔侍憑着他們各自的力量，順利馴服了金斑毒蠍。

當他們帶着被馴服的金斑毒蠍回到三位導師身邊時，連一直帶着**輕蔑神情**的惡神都不經意地露出欣賞的眼神。

這一關卡，四位伙伴分數同分，各獲九分。

這天的密集高強度特訓終於**告一段落**。

沫沫和其他三位伙伴匆匆吃了些文魚三明治，就在石洞內鋪開睡袋，倒頭大睡。

第十二章
限時誘捕生物

「沫沫、米勒、仕哲、子研，起來了！」

大夥兒睜開迷蒙的雙眼，看見小綠叉着腰一副管家婆的模樣。

「什麼事啊？」米勒愣一下，坐起來問道。

「天亮了，還不快起來？」小綠說。

「天亮？我不是才剛閉上眼睛嗎？」米勒傻乎乎地說道。

沫沫**感同身受**地爬起身，或許昨天特訓太費精力，產生了一晃眼就被叫醒的錯覺。

子研懊惱地**揉揉雙眼**，哀歎道：「又得受折騰了。」

「進行最後一項特訓後，我們就能使用搬運緞帶回去學校了！」小綠說明道。

聽到最後一項特訓，還有終於得以運用便利

的搬運緞帶回校，大夥兒馬上清醒過來。

惡神宣布第五關卡的題目後，四位小魔侍都捏了把汗。他們必須在限時內找出昨天哈里斯太太提到的十六種生物，**誘捕**生物的方法則是利用第三關卡搜集到的十六種植物。

「我根本不記得哈里斯太太提過什麼生物了啊！單單記那些植物名稱和特徵都讓我頭腦快爆炸了，而且還隔了一晚，我早就忘光光了！」子研懊惱地**申訴**。

惡神和哈里斯太太沒有給予理會，咕嚕咚也無可奈何地擺擺手，說：「這是科校長制定的特訓項目之一，我也沒辦法幫你啊！」

子研望着沬沬，向她求救道：「怎麼辦，沬沬？」

沬沬想了想，說：「你不是可以讓布吉幫你指出目標物在哪裏嗎？」

子研**唉聲歎氣**地垂下頭，道：「問題是布吉必須先知道目標生物是什麼，才能給出方位

112

啊……」

「原來如此。那可真糟糕，子研你向來不喜歡記東西……誒？」

米勒發出一道驚奇的聲音，沫沫和仕哲看着他，突然明白過來，三人同時吐出一句話：「合作！」

「什麼合作？」子研愣了下，但也立即領悟過來，興奮地跳着說：「只要兩位一組合作，就能解決這問題了啊！」

「而且，布吉能指出正確方位，只要另一位伙伴記憶力超羣，就是最強組合！」仕哲說道。

其他三個伙伴都盯着仕哲看，好像他說出什麼**振奮人心**的話。

「那……」子研馬上轉向沫沫。

誰知米勒已一把拉過沫沫，道：「我跟沫沫一組，魔物師競賽時我們本來就是一組參賽，正好先預習一下。」

子研看向仕哲，仕哲挑眉說道：「我們可別

113

輸給沫沫和米勒！」

「當然！」子研被激起了爭鬥心，**鬥志昂揚**。

於是，兩組人馬各去取了八種第三關採集到的植物，再拿一個抓捕生物的袋子，衝向樹叢。

「三角龜走動緩慢，我們先找出三角龜！」仕哲説。

布吉立即給出方位：「西南⋯⋯偏西⋯⋯342度⋯⋯8米⋯⋯」

子研和仕哲憑着布吉給出的提示，很快就找到三角龜。三角龜頂着頭上三隻尖角，正緩緩轉過頭去，一副不想被他們**打擾**的模樣。

「快取出青葉菌！」子研着急地説。

負責袋好所搜集到的八種植物的仕哲趕緊找出青葉菌，遞到三角龜跟前。

只見**不瞅不睬**的三角龜一看到青葉菌，瞇着的雙目立即睜開了些，緩緩爬行到青葉菌前啃咬起來。

「快把牠放進袋子內！」仕哲說。

子研趕緊取出抓捕生物的布袋，將三角龜輕輕抓起，放進袋子內。

接着子研使用速度力趕到三位導師前方，又取了一個布袋衝進樹林中。

「接下來要捕捉的生物吃什麼？」子研問道。

仕哲看着剩下的七種植物，說道：「驪山葵。」

「驪山葵……我記得了，驪山葵是白蝶蜥和灰蝶蜥的食物！」好不容易想起來的子研高興地拍掌，趕緊詢問布吉：「布吉，快找出白蝶蜥或灰蝶蜥的方位！」

布吉飛向昏暗的樹林中，轉了幾圈，接着飛回子研身邊，慢慢說道：「正北方……偏東……

12 度……3.6……」

　　沒等布吉說完，子研已迅速衝向布吉給予的方位。很快地，他們找齊了八種生物。

　　沫沫和米勒那邊，由於沒有布吉的提示，他們需要自個兒在叢林中尋找生物的蹤跡。

　　要知道各種生物都有模擬或者偽裝另一種生物的**本領**以躲避捕獵者，發現牠們的蹤影可是件艱巨的事。

　　不過，憑着沫沫的犀利眼睛和米勒的直覺及好運，他們順利找到了愛吃棘鱗片的鰻鳥和以兔耳豬籠草為食的扁扁蟲。

　　雖然如此，他們比起另一組號稱「**最強組合**」的子研和仕哲，還是落後許多。

　　羅賓覺得自己幫不上沫沫的忙，又看到子研和仕哲迅速找到各種生物，牠開始焦慮起來。

　　「連絲菌。」沫沫從袋子中取出一種植物，閉上眼回想一下，然後指示米勒和羅賓：「連絲菌是白竹蛇的食物。」

「白竹蛇！好，我們得快點找到白竹蛇，可不能落後他們太多！」

羅賓說着，**打起十二分精神**，迅速竄到空中。他們心神專注地在半空搜尋。幾分鐘過去，他們仍一無所獲。

「雖然沫沫說居高臨下比較容易找到，但我看了這麼久，根本看不到要找的生物在哪兒。」羅賓繼續在半空盤旋一會兒，睜着眼仔細觀察每個角落，依舊看不到白竹蛇的蹤跡。

「不行，我必須做點什麼。」羅賓心想，瞄向已完成任務**悠哉遊哉**坐在導師身邊休息的仕哲和子研，心中更是焦急。

「對了，不如……」

羅賓飛到沫沫身邊，趁着沫沫專注察看樹叢之間時，悄悄取過幾根連絲菌。

「要捕獵生物，應該要用牠們喜歡的食物誘食……」

羅賓想着，飛到茂密的樹叢中，雙腳夾着連

絲菌劃過低矮的樹叢間隙。

牠邊緩緩拍動翅膀，邊察看四周是否有沫沫提到的腹部呈現金黃色的白色小蛇。

突然間，一個影子從樹叢間飛竄而出！

下一秒，羅賓**應聲倒地**。

「羅賓！」沫沫從半空俯衝下來，叫道。

導師們和其他伙伴聞聲，都趕了過來。

哈里斯太太抱起羅賓，但牠已**昏厥**過去。

「羅賓怎麼了？為什麼牠昏死過去？」仕哲問道。

惡神注意到羅賓腹部的血絲，掀開羽毛查看那兒的傷勢，沉下臉道：「牠中了毒。」

「小綠，快！抗毒血清！」

哈里斯太太吩咐着時，小綠已衝去石洞。

「萬老師，羅賓中了什麼毒？」沫沫着急地在一旁問道。

惡神朝四周凝視，突然衝向一堆草叢，喚道：「牠在那兒！」

118

咕嚕咚馬上飛到草叢上方，唸道：「掃古巴扒拉葉子廢羅，掃把！」

霎那間，底下的草叢變成一枝枝的掃把！在那眾多掃把中，有個白色的東西在緩緩蠕動⋯⋯

「是白竹蛇！」米勒驚訝叫道。

沫沫、仕哲和子研衝過去，使出定身力：「斯達地落，定！」

只見白竹蛇僵硬在一堆掃把中，咕嚕咚過去把牠撿起來，放進袋子內，道：「這白竹蛇*堪比*青竹蛇，不過毒性可比牠強多了。」

「想不到綠葉掃把力在捕捉野生動物時居然這麼有用！」子研不禁喃喃驚歎，「我應該早點利用這種魔法力來捕捉生物嘛！」

「嘿，不然你以為我怎麼當上魔法力導師啊？」咕嚕咚摸摸鼻子，似乎對自己發明的魔法力感到很驕傲。

「那羅賓會怎麼樣？有救嗎？」沫沫問道。

「放心。你看！」

大夥兒循着咕嚕咚的目光看去，小綠正拿着一個小瓶子跑向他們。

　　哈里斯太太接過瓶子，讓羅賓仰高着頭，灌下瓶子內的藥水。她呵口氣道：「只要及時給予抗血清解毒，很快就能**復原**。」

　　「是啊！你放心特訓吧！我會好好看着牠。」小綠說着，熟練地為羅賓貼上膏藥，「這些可以緩解羅賓傷口的腫痛，擔保牠醒來後就像被蚊子咬了一樣，一點兒都不痛。」

「謝謝你了，小綠。」沫沫感激地説。

「唉！沫沫你不用這麼擔心，小綠在訓練所的照護經驗很豐富。哈老太婆更是被上百種毒蛇毒蟲咬過的解毒高手啊！哈哈哈！」

哈里斯太太瞥一眼咕嚕咚，哼一聲道：「被咬過很多次可不是值得**炫耀**的事。」

「我難得稱讚你，你就不能欣然接受我的讚美嗎？」咕嚕咚雙手環抱胸前，晃晃頭説道。

「我不需要別人的讚美或欣賞。在這世上值得讚美的只有這些可愛的小寶貝。」

「呵呵，你説得對，最值得讚美的是我那可愛的小鼬了。小鼬活潑好動，兩隻小眼睛**亮晶晶**的，要找到比牠更可愛的動物真的不太可能——」

咕嚕咚望向皮箱內的小鼬，但他驟然兩眼凸出，張大着嘴，淒然叫道：「小鼬呢？」

大夥兒往皮箱看去，只見皮箱上的鐵鎖被撞開了，裏頭**空空如也**！

第十三章

圍捕小鼬

咕嚕咚衝過去將皮箱子倒過來抖了好多下，把箱子都快抖壞了，還是沒有小鼬的蹤影。

「牠一定是趁着救羅賓的混亂時刻逃跑出來了。這小頑皮就是不願被**束縛**！」哈里斯太太感歎道。

「怎麼辦？我好不容易才找到最適合我的修行助使啊！」咕嚕咚哀嚎道，滿頭煙地四處翻找，幾乎將土地都掀翻開來！

哈里斯太太鐵黑着臉斥責：「都説讓我們看着牠，你偏不聽，現在讓牠跑了！我失去一位非常有潛質的寶貴修行助使，你要怎麼賠償我？」

「我，我現在後悔極了！早知道就該聽你的話……」

惡神看着着急的大夥兒，**若有所思**地露出

122

詭異的笑容，道：「也許這是訓練的好時機。」

惡神望向四位小魔侍，道：「誰要是捉回小鼬，加二十分。」

「呵？那捉到小鼬就肯定不會成為最後一名了啊！」子研挑了挑眉，驚喜地說。

「就算沒有加分，我們也一定要找回小鼬，不是嗎？」米勒說。

「對！大家一起把小鼬找回來。咕嚕咚老師，你別那麼着急。」沫沫安慰着蹲在草地責怪自己**疏忽**的咕嚕咚。

「我不認為我們能輕易捉到小鼬。」仕哲環顧一下周遭情況，說道。

「可是沫沫曾經抓過牠，不是嗎？」米勒說。

沫沫呵口氣道：「不，那是因為當時小鼬沒有**防備**。如今牠有了防備，肯定更難抓住牠。」

「這裏地勢複雜，光線又昏暗，加上小鼬行動敏捷、善於藏匿，有布吉的提示也不一定捉得

住小鼬。」仕哲撅起嘴思索了下，道：「除非有辦法馴服牠。」

「想要在這麼短的時間馴服小鼬？嘿！異想天開！牠可不是金斑毒蠍這種級別的難搞生物。」哈里斯太太晃着頭，一頭亂糟糟的髮絲更亂了。

「如果我們什麼都不做，就少了一個優秀的修行助使，不是嗎？」沫沫看着哈里斯太太說。

哈里斯太太**無可奈何**地扁扁嘴，向咕嚕咚說道：「還不給他們蓬蓬蟲卵？」

蓬蓬蟲卵是一種蛾的蟲卵，咕嚕咚從袋子中取出幾隻，那肥胖的身軀一扭一扭的，像蛆一般。

子研接過時不禁全身抖了一下，但想到只要抓到伶鼬就能加二十分，她忍耐着克服心中的恐懼，將扭動不停的蓬蓬蟲卵穩穩地握在手裏。

「**事不宜遲**。走吧！」沫沫說完就衝進叢林中搜索。仕哲、子研和米勒也立即加入陣營。

124

惡神、咕嚕咚和哈里斯太太飛於半空，關注着小魔侍們的動靜。

只見布吉竄到樹梢，舞動着奇怪的圖案，轉了幾圈，飛回來說：「東北⋯⋯偏北⋯⋯43⋯⋯不，48⋯⋯哦⋯⋯東南偏南⋯⋯88⋯⋯」

「小鼬速度太快了！」沫沫對小伙伴使了個**眼色**，道：「布吉一說出方位，大家分頭出發！」

緊接着，大夥兒各自竄向布吉指示的方位，布吉一轉變方位，其中一位魔侍即刻衝去那方位附近。

漸漸地，他們終於看見小鼬的身影，沫沫趕緊說：「快取出**誘餌**！」

於是，大夥兒追蹤小鼬的同時，取出蓬蓬蟲卵引誘小鼬。小鼬始終是未被馴服的野生動物，基於生物本能，牠不但不躲藏，還朝着沫沫他們

衝去。

「小心！小鼬的攻擊力比猛獸**不遑多讓**啊！」沫沫提醒着時，小鼬從草堆裏蹦上來，沫沫立即唸道：「提希爾，騰空！」

沫沫及時用飛行力躲過小鼬的啃咬，她抹去冷汗，警惕地搜尋狡猾小鼬的身影。

現下**情勢反轉**，不是沫沫等人追捕小鼬，反而是他們需要避開小鼬的攻擊！

小鼬竄出來朝米勒攻去，米勒狼狽地運用飛行力躲開，但還是被咬破了褲管。小鼬轉變方向，竄去樹梢，沫沫看見仕哲就站在那兒，叫道：「快對牠行使定身力！」

仕哲眼見**機不可失**，立即對衝到眼前的小鼬唸道：「斯達地落，定！」

就在大夥兒以為仕哲定住小鼬時，牠居然絲毫不受影響地撲向仕哲！

「小心！」子研驚叫道。

仕哲避開小鼬，繼而馬上行使控制力：「耶

勒勾斯，慢！」

　　可小鼬非但沒有減弱速度，還衝過來朝仕哲臉上一抓！

　　仕哲下意識**別過臉去**，但還是被抓傷了！他驚愕地往後一滑，從樹枝掉了下來，沫沫和子研同一時間使用飛行力衝過去接住仕哲！

　　仕哲的臉龐被尖利的爪子抓傷了，他悼然看着她們問道：「我明明對着小鼬施行定身力和控制力，牠為何一點兒都不受影響？」

第十四章
執拗的咕嚕咚

這會兒，原本在高空觀察的三名導師俯衝下來。

「你們都回去石洞那邊，不准靠近小鼬！」惡神嚴屬地**吩咐**他們，並說道：「我估計牠被行使了傀儡力，魔法力對於正被施行傀儡力的生物不起作用。」

沫沫眼眉挑了一挑，之前她發現小鼬眼神空洞時，就曾懷疑牠被行使了傀儡力，看來她的猜測沒錯。

「傀儡力？」咕嚕咚聽了，慌忙搖着手晃晃頭道：「不，不，我的小鼬怎麼可能被施行傀儡力？沫沫曾對牠行使定身力並抓住牠啊*，萬老

---

* 想了解沫沫抓着伶鼬一事，請參閱《魔女沫沫的另類修行7：黑暗崛起》。

師，你肯定估計錯了！」

惡神沉下臉道：「我可不會隨便説。即使植入傀儡蟲於血液內，還是無法對伶鼬持續使用傀儡力，這是傀儡力的**局限**。」

「你是説沫沫是在伶鼬被施行傀儡力的間隙，才成功對牠行使定身力？」

惡神嘴角牽向一邊，冷哼道：「你終於肯聽人説話。」

「你就不讓伶鼬被控制力控制住罷了嗎？」咕嚕咚不服氣地質疑道。

「傀儡力跟控制力怎麼會扯到一塊兒呢？」沫沫問。她和其他小夥伴一樣，聽得**一頭霧水**。

「傀儡力與一般魔法力不同，分強度與弱度兩種傀儡力。強度傀儡力能讓物體在無意識狀態下被操縱，弱度傀儡力則與控制力類似。」

「你是説有魔侍使用弱度傀儡力混淆視聽，讓我們以為伶鼬被控制力操控而已？」哈里斯太

太挑眉問道。

「正是。剛才我們無法對伶鼬施行魔法力，其實就已印證了這一點。」

執拗的咕嚕咚這會兒似乎終於接受了惡神的說辭，但他仍舊不願放棄小鼬，說：「小鼬太可憐了，我一定要想辦法幫牠。」

「你別插手，我會把牠揪出來！」惡神說。

「不！你會弄傷小鼬的，讓我來！」

咕嚕咚說着，莽撞地施行速度力和驅散力，**金晴火眼**朝四周搜尋着小鼬的身影。

惡神和哈里斯太太對看一眼，急忙也使用速度力跟了過去。

咕嚕咚發現前方石壁的後方有些**動靜**，迅速開路跑向石壁。

誰知一轉去後方，卻不見小鼬的身影。

咕嚕咚馬上唸道：「形夾離稀，散開！」

頓時雜草和蟲蟻都散了開去，咕嚕咚觀察到前方不遠處有個隆起的土堆。

「小鼬！你等我啊！」説着咕嚕咚又立即衝向土堆。

咕嚕咚一路行使驅散力和速度力追蹤小鼬，但在地底打洞的小鼬非常狡猾，不斷改變方向逃逸。惡神和哈里斯太太跟着咕嚕咚**左拐右彎**地穿梭於叢林中。

咕嚕咚循着凸起的土堆追着小鼬，但來到一處樹叢時，發現眼前出現多個土堆。

「這些土堆看起來並不像小鼬挖的，不會是火蟻蝗蟲吧？」

咕嚕咚注視着一個個土堆，接着，他發現浮動着的土堆，叫道：「小鼬，別玩了！要是你不小心挖到火蟻蝗蟲的巢穴，被這些蟲子咬到可不是開玩笑的啊！」

小鼬當然不理會他，咕嚕咚趕緊追向凸起的土堆，小心不讓自己碰着四周滿布的土堆。

誰知他專注於小鼬的路線，一個大意踢倒了火蟻蝗蟲的巢穴！

霎時間，一羣巨型火蟻蝗蟲撲向咕嚕咚，狠狠叮咬他的臉頰！

咕嚕咚**揮舞**着雙手，施行拔除力將蟲子逼出臉頰，但被驅趕的火蟻蝗蟲立即又聚攏過來，咕嚕咚忍着火辣辣的劇痛繼續施行拔除力，他已經招架不住了……

就在這時，惡神和哈里斯太太趕到了，他們迅速使出驅散力驅趕咕嚕咚臉上的火蟻蝗蟲。

拔除掉蟲蟻後，咕嚕咚顧不得臉上的傷，急忙又追向小鼪，留下惡神和哈里斯太太兩位導師對付火蟻蝗蟲。

經過剛才這麼一**耽擱**，咕嚕咚已找不到小鼪，他來回巡視小鼪挖掘的土堆，找了老半天還是沒看到牠的蹤影。

咕嚕咚洩氣地坐下來。

「怎麼辦？我真的要失去小鼪了嗎？」

他無奈地歎了口氣。停下來後，他才感受到臉上火辣辣的刺痛。他摸摸傷口，馬上又哎呀呼

痛。

　　看着昏暗的天空，咕嚕咚不禁**頹然**哀歎：
「也許我就是無法找到最適合的修行助使⋯⋯」

　　咕嚕咚悻悻然地走向回石洞的方向，說：
「回去肯定又被哈老太婆臭罵一頓。」

　　天空的盡頭似乎漸漸亮了起來，咕嚕咚走着
走着，一道金黃色的光線穿射進樹叢中，他抬頭
望去，心想：正午時刻了，差不多是時候**啟程**回
去尼克斯魔法修行學校。

　　他加快腳步，遠遠地就看見沫沫和三位小伙
伴在石洞外待着，他頓時掃去晦暗的心情，施行
速度力跑向他們，突然，他眼前有個白色影子晃
過！

　　「是小鼬！」

　　咕嚕咚叫道，轉而朝小鼬追去。

沫沫和伙伴們聽見咕嚕咚的聲音，顧不得惡神的叮囑，跑向咕嚕咚。

小鼬竄到高大的紅杉上，咕嚕咚興致來了，仰高頭說道：「嘿，你想跟我玩捉迷藏？沒問題！」

「提希而，騰空！」隨着咒語唸出，咕嚕咚嗖地一聲往筆直的紅杉樹梢直飛而去！

來到樹梢，他繞圈巡視，發現小鼬在分叉的樹枝上竄行，瞬即追了過去。

咕嚕咚猛然想起小鼬今早還未進食，於是從袋子內取出一隻蓬蓬蟲卵，遞到小鼬跟前餵牠，但就在此時，天空卻有隻兇悍的沙鷹俯衝過來，銳利的鷹眼看準目標，將小鼬一口叼住！

「小鼬！」

咕嚕咚着急地叫着，緊跟沙鷹俯衝向地面，並迅速越過沙鷹，對牠施行催眠力！

沙鷹昏睡過去後，鬆開了嘴，小鼬因此得以逃脫鷹嘴。

誰知小鼬驟然**目露兇光**，呲牙咧嘴，發狂般朝咕嚕咚的肩部用力噬咬！

　　毫無防備的咕嚕咚痛得一陣暈眩，直挺挺地往下掉落——

　　「咕嚕咚老師！」沫沫驚叫道。

　　在遠處趕着來的小魔侍們眼睜睜看着咕嚕咚老師摔下去，卻無法及時趕來施救。就在此時，惡神從樹叢間飆出來，急速唸道：「比歐提該亞拉奇——棉花！」

　　咕嚕咚在千鈞一髮之際毫髮無損地跌落地

上。

　　緊接着，惡神以**迅雷不及掩耳**的速度徒手揪住小鼬。

　　「原來是萬老師行使了質變力，將土地變成棉花一樣柔軟的質地啊！」仕哲驚歎道。

　　惡神怒瞪兩眼空洞的小鼬，氣憤地將手舉高，想把牠重重摔於地上，此時卻有道影子突然晃過，奪走了小鼬！

第十五章
突如其來的馴服

惡神**定睛一看**，居然是米勒從他手中搶走小鼬。

「快放開牠！」惡神喝道。

「不！小鼬被傀儡力操縱已經很可憐了，我們不應該欺負牠！」米勒晃着頭說道。

「牠現在還被操縱着，是極度危險的生物，快把牠交給我！」惡神嘗試勸阻米勒。

米勒緊緊地抱着小鼬，此刻的小鼬眼神依舊**空洞**，米勒看進小鼬眼底，對牠柔聲說話。

惡神擔憂米勒被攻擊，對米勒施行控制力！

「耶勒勾斯，鬆！」

米勒慢慢鬆開抱着小鼬的手，但他依舊盯着小鼬，不放棄對牠說話。

「對不起，我之前誤會你是兇殘的生物，但

原來你是被施行了傀儡力⋯⋯」

　　惡神就要將小鼬提走，想不到小鼬竟然一個轉身，**掙脫**惡神的手，鑽進米勒懷裏。就在眾人以為小鼬會對米勒展開攻擊時，牠竟訥訥地張口喚道：「米⋯⋯勒！」

　　大夥兒都愣住了。

　　咕嚕咚忘了自己受傷的事，大叫道：「小鼬被馴服了！哈哈，牠⋯⋯牠居然會説話！」

　　他忍着身上的劇痛，爬起身拉着哈里斯太太跳個不停，哈里斯太太**似笑非笑**，被這突如其來的馴服情景嚇得不知如何反應。

　　惡神這會兒趕緊將小鼬關進皮箱內，以免牠再次被傀儡力操縱而做出傷害大家的舉動。

　　「小鼬不是被傀儡力操控嗎？」仕哲疑惑地詢問。

　　「傀儡力並不能持續操控。米勒剛好選對了時機馴服小鼬吧？」惡神眉頭一高一低，似乎有些難以接受。

咕嚕咚按着肩膀的傷口跑向沫沫，説：「小魔女，太好了！是吧？」

「嗯！」沫沫用力點頭。

大家因為小鼬被馴服而**驚喜不已**。

「萬老師，米勒不單抓住小鼬，還馴服了牠，是不是應該説些什麼？」子研對惡神説。

惡神無可奈何地瞅瞅米勒，宣布道：「米勒，加二十分！」

「喲呼！我不是最後一名，我不用背誦整本修行助使食物圖鑑啦！嘿喲！」

米勒興奮地歡呼着，但他突然意識到自己不該在分數墊底的仕哲跟前慶賀，在意地看着他。

仕哲眨了眨眼，道：「沒關係，我本來就計劃背下整本圖鑑。正合我意！」

這時，在石洞休息的羅賓蘇醒過來了，牠聞聲走出石洞，看到大夥兒**歡欣鬧騰**的模樣，一臉莫名其妙。

「沫沫，到底發生了什麼事？」羅賓察覺咕

嚕咚流血不已，驚叫道：「咕嚕咚老師，你流了好多血啊！」

「我知道。」

「你……不痛？」

「我開心得忘記痛是什麼了啊，羅賓！哦！還真的很痛！」

咕嚕咚邊呼痛邊開心得**亂跑亂跳**，接着他跑向小鼬，興奮地教導小鼬說：「咕嚕咚。我是咕嚕咚，說說看！」

「咕嚕……咕嚕……」

「對，慢慢來，咕嚕——」

「喂，你們別再咕嚕咕嚕了，聽得我好餓！」哈里斯太太說道。

「哈老太婆你別吵，小鼬快要成功叫出我的名字了！來，小鼬，咕嚕——咚！咚！」

小鼬張合着嘴巴，說道：「咕嚕……咕嚕……咚……」

「太好了！太好了！是不是？小鼬居然會叫

140

我的名字！」咕嚕咚感動得一把鼻涕一把眼淚，惡神搖搖頭一副沒眼看的樣子。

萬兒這時突然竄到小鼬跟前，說道：「萬老師，萬——老——師。」

「萬……」小鼬努力地張大着嘴，啞口愣在那兒，惡神**挑了挑眉**，瞅向皮箱內的小鼬。

小鼬繼續說道：「萬——老師！」

惡神翹起嘴角冷哼一聲，**興致大起**地走去指導小鼬：「說，咕嚕咚，大冬瓜！」

「咕嚕……咚！大……冬菇！」

惡神聽了趕緊糾正道：「不是咕嚕咚大冬菇，是咕嚕咚大冬瓜！」

「不是咕嚕咚……大冬瓜，是咕嚕咚大冬菇……」小鼬學話道。

惡神這會兒再也忍不住了，撲哧一聲哈哈大笑，眼淚都飆了出來。

在一旁的大家早就笑得東歪西倒，子研和沫沫更是想不到平常最愛懲罰學生的惡神，居然有

這麼逗趣傻氣的一面啊！

　　艱辛又驚險的浮日島特訓就在大夥兒競相教導小鼬學話中，完美地**落下帷幕**。

下期預告

　　魔侍世界年度最大盛事「魔物師競賽」近在眉睫，沫沫和三位小夥伴密鑼緊鼓加緊訓練。

　　為了一勞永逸地解決傀儡蟲的問題，科靜校長和某神秘魔子到蠻荒之地尋找傳說中的傀儡蟲解藥，他們能順利取得解藥嗎？

　　與此同時，來自世界各地的參賽者陸續抵達尼克斯魔法修行學校，大家看起來自信十足，魔法力很強大的樣子，米勒不禁擔憂無法勝出，憂心忡忡。

　　而在競賽期間，某個魔侍私自放出訓練失敗的生物，結果弄得競技場內雞飛狗跳……

**想與沫沫一起探索魔法世界？
請看《魔女沫沫的另類修行9》！**

魔女沫沫的另類修行8

浮日島特訓

作　　者：蘇飛

繪　　圖：Tamaki

責任編輯：黃稔茵

美術設計：李成宇

出　　版：新雅文化事業有限公司

　　　　　香港英皇道499號北角工業大廈18樓

　　　　　電話：(852) 2138 7998

　　　　　傳真：(852) 2597 4003

　　　　　網址：http://www.sunya.com.hk

　　　　　電郵：marketing@sunya.com.hk

發　　行：香港聯合書刊物流有限公司

　　　　　香港荃灣德士古道220-248號荃灣工業中心16樓

　　　　　電話：(852) 2150 2100

　　　　　傳真：(852) 2407 3062

　　　　　電郵：info@suplogistics.com.hk

印　　刷：中華商務彩色印刷有限公司

　　　　　香港新界大埔汀麗路36號

版　　次：二〇二三年十月初版

ISBN: 978-962-08-8262-3